Tucholsky Wagner Zola Scott Sydow Freud Schlegel
Turgenev Wallace Fonatne

Twain Walther von der Vogelweide Fouqué Friedrich II. von Preußen
Weber Freiligrath Frey

Fechner Fichte Weiße Rose von Fallersleben Kant Ernst Frommel
Richthofen

Hölderlin

Engels Fielding Eichendorff Tacitus Dumas
Fehrs Faber Flaubert

Maximilian I. von Habsburg Fock Eliasberg Zweig Ebner Eschenbach
Feuerbach Eliot Vergil

Ewald

Goethe Elisabeth von Österreich London

Mendelssohn Balzac Shakespeare Dostojewski Ganghofer
Lichtenberg Rathenau Doyle Gjellerup

Trackl Stevenson Hambruch
Mommsen Tolstoi Lenz Droste-Hülshoff
Dach Thoma Hanrieder

Verne von Arnim Hägele Hauff Humboldt
Karrillon Reuter Rousseau Hagen Hauptmann Gautier
Garschin

Damaschke Defoe Hebbel Baudelaire
Descartes

Hegel Kussmaul Herder

Wolfram von Eschenbach Dickens Schopenhauer
Bronner Darwin Melville Grimm Jerome Rilke George
Bebel Proust

Campe Horváth Aristoteles

Bismarck Vigny Barlach Voltaire Federer Herodot
Gengenbach Heine

Storm Casanova Tersteegen Gilm Grillparzer Georgy
Chamberlain Lessing Langbein Gryphius

Brentano Lafontaine
Strachwitz Claudius Schiller Kralik Iffland Sokrates

Katharina II. von Rußland Bellamy Schilling
Gerstäcker Raabe Gibbon Tschechow

Löns Hesse Hoffmann Gogol Wilde Vulpius
Gleim

Luther Heym Hofmannsthal Klee Hölty Morgenstern
Roth Heyse Klopstock Goedicke

Luxemburg Puschkin Homer Kleist
La Roche Horaz Mörike Musil
Machiavelli

Navarra Aurel Musset Kierkegaard Kraft Kraus

Lamprecht Kind Kirchhoff Hugo Moltke
Nestroy Marie de France

Laotse Ipsen Liebknecht
Nietzsche Nansen
Marx Ringelnatz
von Ossietzky Lassalle Gorki Klett Leibniz
May vom Stein Lawrence Irving

Petalozzi Knigge
Platon Pückler Michelangelo Kock Kafka
Sachs Poe Liebermann Korolenko

de Sade Praetorius Mistral Zetkin

Der Verlag tredition aus Hamburg veröffentlicht in der Reihe **TREDITION CLASSICS** Werke aus mehr als zwei Jahrtausenden. Diese waren zu einem Großteil vergriffen oder nur noch antiquarisch erhältlich.

Symbolfigur für **TREDITION CLASSICS** ist Johannes Gutenberg (1400 — 1468), der Erfinder des Buchdrucks mit Metalllettern und der Druckerpresse.

Mit der Buchreihe **TREDITION CLASSICS** verfolgt tredition das Ziel, tausende Klassiker der Weltliteratur verschiedener Sprachen wieder als gedruckte Bücher aufzulegen – und das weltweit!

Die Buchreihe dient zur Bewahrung der Literatur und Förderung der Kultur. Sie trägt so dazu bei, dass viele tausend Werke nicht in Vergessenheit geraten.

Er und Sie -- Von denen, die da waren -- Kaspar und sein Hund

Charlotte Niese

Impressum

Autor: Charlotte Niese
Umschlagkonzept: toepferschumann, Berlin

Verlag: tradition GmbH, Hamburg
ISBN: 978-3-8424-0991-0
Printed in Germany

Text der Originalausgabe

Charlotte Niese

Er und Sie und andere Novellen

Er und Sie

Das war damals, als ich Quartier in einem kleinen Ostseebade suchte, und keins finden konnte. Es waren Sommerferien, alle Wohnungen waren vermietet, und teilweise zum Überlaufen voll. Müde setzte ich mich, nach vergeblichem Suchen, Fragen und Umherwandern, an den Mittagstisch des Gasthauses, das »Bellevue« hieß, obgleich man von ihm aus nicht einmal das Wasser sehen konnte. Der Wirt bot mir für die Nacht seine Räucherkammer an, aber ich wollte lieber mit dem Abendschiff wieder in die nächste Stadt; wenn ich nicht ein ruhiges Zimmer bekommen konnte, verzichtete ich auf dieses Dorf.

An der Wirtstafel saßen eine Anzahl Menschen, die Anteil an meinem vergeblichen Bemühen nahmen. In den letzten Tagen war schlechtes Wetter gewesen und alle hatten sich gelangweilt. Auch heute wehte ein kalter Nordwest und gelegentlich zogen graue Wolken über die grelle Sonne, um einen Sprühregen gegen die Fenster zu senden. Es war kein Sommerwetter: die Gäste schalten alle, und der Wirt hob seine breiten Schultern. Ihm machte der Regen nichts; die meisten Scheltenden tranken abends einen steifen Grog, oder mehrere: da kam er besser auf seine Kosten, als wenn sie draußen am Strande umherliefen, und den Mond, oder die Sterne anhimmelten. Die Tischgesellschaft war im ganzen nicht anziehend; so dachte ich im stillen, als ich eine vertrocknete kleine Dame betrachtete, die in lebhaftem Ton von ihrer Schule berichtete, während ein dicker Herr die Behauptung aufstellte, Frauenzimmer lernten heutzutage vielzuviel, und daher könnte keine Frau mehr kochen. Das gab denn einen Streit, an dem sich alle mehr oder weniger beteiligten und darüber nicht beachteten, daß ich mir den mageren Nachtisch schenkte und aufstand.

In der leeren Veranda, die auf einen regenverwaschenen Garten ging, setzte ich mich hin und bestellte mir eine Tasse Kaffee. Dabei studierte ich die Liste der benachbarten Badeörter: irgendwo gab es doch vielleicht ein Unterkommen. Es war »rusiges« Wetter, wie man bei uns zu sagen pflegt, und ich wickelte mich fester in meinen Mantel, freute mich aber zugleich an einem Sonnenblitz, der in der Ferne auftauchte. Es war die Ostsee, die aufstrahlte und so verführerisch lächelte, als wäre sie nicht eine von den unbeständigen Frauen, die selten lächeln und viel weinen. Aber man zürnt ihr nun einmal nicht, wenn man an ihr geboren und groß geworden ist, man kennt ihre Art und findet sich darein.

Die Wirtin brachte den Kaffee und sogar, ein Stück Kuchen. Sie war eine dicke Frau mit heißem Gesicht. Das Kochen ging über ihre Kräfte, klagte sie. Jeden Tag wollten die Gäste etwas Neues essen, und schalten, wenn nicht genug da war. Dabei sollte alles billig sein und alles war so teuer. Sie klagte sich aus und ich hörte ihr geduldig zu. Mir war's ja gleichgültig, ob sie klagte oder nicht – ich ging weg: sie konnte sich aussprechen. Ich weiß nicht, ob meine Gleichgültigkeit der Frau gefiel: sie setzte sich plötzlich an den Tisch.

»Da ist noch ein Quartier,« sagte sie zögernd. »Ein ganz ordentliches und vielleicht können Sie da mal anfragen. Bloß, daß sie das nicht tun würde, wenn er ja sagte. Aber, er sagt auch nicht ja,« setzte sie hastig hinzu, »er hat nichts zu sagen und darf nichts sagen. Ich meine man, wenn Sie da mal anfragen wollten. Sie hat ein ordentliches Zimmer und nimmt auch gern das Geld dafür. Aber da hat mal ein Pastor gewohnt und der hat sie vorgehabt, weil sie schlecht gegen ihren Mann ist und seit der Zeit will sie keine Logierer mehr haben. Aber, nicht wahr, Sie kümmern sich nicht darum? Dann können Sie bei uns essen und im Abonnement kostet es 1.20 M.«

Ich schüttelte den Kopf. Der Gedanke in ein Haus zu kommen, wo sich Mann und Frau vielleicht prügelten, war mir nicht verlockend: lieber wollte ich weiterziehen.

»Prügeln? O Gott nein!« Frau Petersen war entsetzt. »Kein Gedanke, Fräulein! Das ist vielleicht ehemals gewesen, aber ich glaube das gar nicht einmal! Die sprechen ja niemals zusammen und ehe die sich anfassen, da muß es ganz anders kommen. Wissen Sie was? Ich gehe mal mit Ihnen hin. Mein Kaffee für die Gäste ist fertig und meine kleine Stina schenkt ihn doch ein! Kommen Sie man mit, wir wollen es mal versuchen!« Frau Petersen war lebhaft geworden. Wahrscheinlich war es gegen die Ehre ihres Dorfes, wenn jemand, der reputierlich aussah, keine Wohnung darin finden konnte. Und da es wieder zu regnen begann und ich keine Lust zur längeren Wasserfahrt hatte, so ließ ich mich überreden.

Wir bogen von der großen Dorfstraße ab und kamen in eine kleine grüne Gasse, in der zwei bis drei strohgedeckte Häuser lagen. Alle mit grüngestrichenen Türen und Fensterrahmen, mit Rosen im Vorgarten. Verblasen war alles, regnerisch und windig, aber ich konnte mir doch denken, wie schön und friedlich es hier sein konnte. Vor dem einen Hause saß ein Mann, der an einem Gartengerät bastelte. Er hatte große tiefliegende Augen: sonst war sein Gesicht nicht ungewöhnlicher, wie das der meisten Küstenbewohner.

Frau Petersen blieb stehen.

»Tag, Franzen! Ist Ihre Frau zu Haus?«

»Ich weiß nicht!«

Er hatte uns nur einen Augenblick angesehen, nun klopfte er wieder an seiner Harke herum.

»Ich hab' nämlich einen Einlogierer!« sagte Frau Petersen freundlich. »Ne Dame, und ganz was Ruhiges – ich dachte vielleicht daß – «

»Sie nimmt keinen Logierer!« entgegnete Franzen, ohne den Kopf zu erheben.

»Was weißt du davon!« schrie eine grelle Stimme und eine kleine dürre Frau stand auf der Haustürschwelle. »Was sollt' ich keinen Logierer nehmen, wenn ich einen haben will? Bloß, weil du es nicht willst? Hast du in meinem Haus was zu sagen?«

Ihre Augen sprühten, ihre kleine Gestalt bebte. Unwillkürlich trat ich einige Schritte zurück, aber Frau Petersen griff nach meinem Arm.

»Sie ist nicht so schlimm,« flüsterte sie, »das ist man bloß äußerlich! Seien Sie man nicht bange! Sie kriegen ein feines Zimmer und Mutter Franzen ist sauber und ordentlich!«

Ja, das Zimmer war wirklich behaglich, und als dann Mutter Franzen mit uns allein war, zog sie ganz milde Saiten auf – eigentlich wollte sie nicht mehr vermieten, weil man so leicht Verdruß hatte. Aber, wenn ich keine Kinder mitbringen wollte und nicht zu viel Spektakel machen, und wenn ich den bestimmten Preis zahlte, dann wollte Mutter Franzen mich wohl nehmen. »Er will es natürlicherweise nicht!« setzte sie höhnisch hinzu, »aber danach kann ich nicht fragen. Nicht wahr, Frau Petersen, ist das nicht egal, was er will?«

Frau Petersen lachte und sagte etwas im allgemeinen über die Männer, worauf die andere grimmig nickte.

»Ja, so ist es! Sie taugen alle nichts!«

Es war sehr schlechtes Wetter geworden; sonst würde ich doch vielleicht nicht geblieben sein. Aber der Regen prasselte nieder, und es war ein angenehmer Gedanke, in diesem behaglichen Zimmer bleiben, seinen Koffer von der Dampfschiffbrücke holen zu können und sich einzurichten. Also blieb ich, und Er holte mir den Koffer. Daß der Mann von Frau Franzen auch Franzen hieß, wußte ich natürlich: aber ich habe ihn immer nur »Hei« genannt, gerade, wie das ganze Dorf. So rief ihn seine Frau, so riefen ihn alle, die mit ihm sprachen.

Er. Seine Frau rief ihn so auf plattdeutsch, wenn sie etwas von ihm wollte. »Hei!« gellte es durchs Haus und Er erschien. Gleichgültig, gelassen, ohne mehr als das Notwendigste zu erwidern. Sie zankten sich nie: gelegentlich überschüttete sie ihn mit einer Flut von plattdeutschen Verwünschungen, aber da er niemals ein Wort erwiderte, versiegte diese Flut bald. Also war es wirklich ein stilles Haus, in das ich geraten war, und wie ich nun am nächsten Tage ein Tischabonnement im Hotel Bellevue nahm, lächelte mir Frau Petersen wohlwollend zu.

»Sehen Sie wohl! Sie haben noch ein gutes Quartier bekommen: Mutter Franzen sorgt fein und Er –, nun, er ist eine Null!«

Ja, er war eine Null. Er arbeitete im großen Gemüsegarten und brachte die Erträgnisse dreimal wöchentlich in die Stadt; er zog mit der Kuh herum, die einmal hier, einmal dort »getüdert« wurde, er trug Wasser, spaltete Holz, er ging Botenwege für die Großbauern, er arbeitete unablässig, und wenn ich ihm einmal begegnete, ging er mit demselben steinernen Gesicht an mir vorüber, wie an seiner Frau. In den ersten Tagen dachte ich nur flüchtig an ihn; aber, wie ich mich eingewöhnte, wie ich immer wieder in das stille Haus trat mit dem wunderlichen Ehepaar, da kam doch etwas Nachdenkliches über mich. Wie waren diese hitzige Frau, dieser eiskalte Mann zusammengekommen, waren sie wirklich einmal jung gewesen und hatten sich lieb gehabt?

Aber, das waren nur Gedanken, die über mich kamen, wenn ich in dem kleinen Garten saß und nichts besonderes zu tun hatte. Ich hatte Bekannte im Dorf gefunden, mit denen ich viel am Strande zusammen war; denn nach kalten Tagen war eine warme Sonne gekommen, wir badeten, ruderten, segelten und schließlich hatte ich für stille Stunden eine Arbeit mitgenommen: eine Novelle, die ich hier vollenden wollte. Also hatte ich keine Zeit, an mein wunderliches Paar zu denken, und horchte nur zerstreut auf, wenn ich morgens hörte, wie »Hei« gerufen wurde und seine Befehle für den Tag erhielt.

Mit Frau Franzen kam ich gut aus. Sie hatte gelegentlich eine kurze Bemerkung für mich, die nicht unfreundlich klang, und als sie eines Tages in mein Zimmer trat, als der Wind meine Arbeit auseinandergerissen und die Blätter im ganzen Raum verstreut hatte, da sammelte sie einige von ihnen auf und betrachtete die Schrift aufmerksam.

»Sie schreiben jawoll Geschichten!« sagte sie, nicht ohne Wohlwollen. »Ja, ich kenne das,« setzte sie hinzu, als ich bejahte. »Hier ist auch mal einer gewesen, der schrieb was für die Blätter und er las es seiner Frau und Tochter vor. Ich habe da manchmal zugehört. Sie könnten mich die Geschichte auch mal vorlesen!«

»Sie ist noch nicht fertig,« entgegnete ich. Frau Franzen sah mich mit ihren unruhigen Augen an.

»Kriegen sie sich?«

»Ich weiß noch nicht!« entgegnete ich lachend; aber Mutter Franzen lachte nicht.

»Sie müssen sich kriegen!« wiederholte sie. »Wozu ist sonst die Liebe da?«

Ich wollte antworten, aber Mutter Franzen rief nach ihrem Mann, der am Fenster vorüber ging.

»Hei! Sollst die Kartoffeln purren und dann zu Bauer Jensen kommen! Der will sein Klavier umsetzen!«

Sie lief aus der Tür, und ich hörte, wie sie noch einige schrille Befehle gab und sah, wie sie vor ihrem Mann stand mit der Miene einer Herrin. Er aber trug den Kopf gesenkt, wie immer und antwortete kaum.

Zweimal besuchte mich Frau Franzen noch, wenn ich bei meiner Arbeit saß, und verlangte, daß mein Liebespaar sich »kriegen« sollte. Und weil sie so stürmisch bat und ihre Augen so befehlend blitzten, so tat ich ihr den Willen. Dafür habe ich von der Kritik meine Strafe erhalten.

Mutter Franzen hatte wirklich etwas Gewaltsames, dem man sich fügen mußte, und ich sprach dies auch einmal gegen Frau Petersen aus. Der war ein Kochtopf auf den Fuß gefallen und sie mußte alle Arbeit sitzend verrichten. Das war schwer in der hilden Zeit, und sie mußte manchmal getröstet werden, wozu sich dann Zeit an Schlechtwettertagen fand.

Ich besuchte sie an einem Regennachmittag, als sie Bohnen schnippelte und ganz allein in dem kahlen Eßzimmer saß.

Sie war wirklich eine gutmütige Frau und gern aufgelegt zu einem mundvoll Schnack, wie sie sagte. Allerhand berichtete sie von ihren Gästen; denn es geschehen immer wunderliche Dinge mit Badegästen, und sie versicherte wiederholt, sie könnte ein Dutzend Romane schreiben, nur, daß sie gerade keine Zeit hätte. Als sie Atem schöpfte, begann ich von Franzens zu sprechen: von ihr und ihm – es waren doch sonderbare Leute.

Frau Petersen nickte gemütlich. Ja, komisch waren sie natürlich, aber warum sollten sie das eigentlich nicht sein? Im Dorf gab es noch wunderlichere Leute. Da war ein alter Mann, der biß in die geräucherten Schinken, als wenn es eine Wurst wäre und ein anderer vergrub sein Geld im Garten und vergaß immer den Platz, wo die Groschen lagen. Er suchte und suchte und war etwas »mall« dabei geworden.

Aber ich fing noch einmal von Franzens an, und Frau Petersen ließ sich herbei, über sie zu sprechen.

»Gott ja, sie sind hier ja beide geboren und mit ihm bin ich in die Schule gegangen. Er war ein ganz feiner Jung und wir dachten alle, aus ihm würde mehr, als ein bloßer Taglöhner. Er war damals Fischerknecht, und alle sagten, daß er was könnte. Hübsch war er ja nicht gerade, aber seine Augen hatte er und so'n besonderes Wesen. Ich habe gern mit ihm getanzt und wir Mädchen mochten ihn alle leiden. Ich hatte immer meinen Petersen im Sinn; aber meine Cousine, die Tochter von Bauer, Wichels, hätte ihn genommen, wenn er sie gefragt hätte. Er fragte aber nicht: er hatte schon 'ne Braut, eine große schlanke Deern, die bei dem alten Bauern Jensen diente und viele Anbeter hatte. Ich hab' natürlich nichts an ihr gefunden, aber die Männer haben ja einen anderen Geschmack, und die kleine Geerdje hätte 'ne andere gute Partie machen können. Aber sie hielt zu Hans Franzen und das war ja gut.«

»Wo war denn die jetzige Frau Franzen,« fragte ich, als die Erzählerin eine Pause machte, weil sie ihr Bohnenmesser hatte fallen lassen.

»Wo Rike war? Ja, die diente auch bei Bauer Jensen. Sie war unansehnlich, und ich weiß von damals wenig von ihr. Sie kam aus der Marsch, wo sie gedient hatte und sie sollte gut arbeiten können. Mehr kann ich wirklich nicht sagen: wenn die Menschen eine Zeitlang weggewesen sind, dann denkt man nicht mehr über sie nach. Aber die kleine Geerdje hatte mit einem Mal Malheur. Ich nenne das Malheur, wenn die Scheune ausbrennt mit allen Kühen darin, und wenn man dann der Brandstiftung beschuldigt wird.«

Frau Petersen ließ das Messer sinken und wurde lebhafter. »Eigentlich war es eine greuliche Geschichte, wenn ich es jetzt bedenke! Fünfzehn Kühe verbrannten und die Versicherung war nicht groß. Geerdje kriegte die Schuld. Sie hatte sich abends vorher mit Frau Jensen erzürnt und die hatte ihr ein paar Ordentliche an die Ohren gegeben. Was soll man auch mit den Deerns anfangen, Fräulein, wenn sie nicht parieren wollen? Prügel sind noch das einzige, das sie nicht mögen. Aber manchmal werden sie falsch, und Geerdje ging hin und steckte den Kuhstall an. Das heißt, sie sagte nein, aber, das sagen die Leute natürlich immer, wenn es ihnen an den Kragen geht; und die Beweise waren auch da – an der Stelle, wo das Feuer angelegt war, hatte sie ihr kleines goldenes Kreuz verloren, das ihr Bräutigam ihr mal geschenkt hatte und das sie immer trug. Es war ein bißchen geschmolzen, aber nicht ganz, und ihr Name war darauf eingraviert. Na, und so ist sie denn ins Zuchthaus gekommen, und ich kann wirklich nicht sagen, was aus ihr geworden ist. Hier war mal ein Rechtsanwalt, der mit in einem Verein war für entlassene Sträflinge; er sagte, wer einmal im Zuchthaus gewesen wäre, der käme leicht wieder herein. Und so wird die kleine Geerdje vielleicht immer noch sitzen.«

Frau Petersen sprach gemütlich, Als ich nicht gleich etwas entgegnete, begann sie von einer Dame zu berichten, die immer großartige Kleider getragen hatte, und der die Gläubiger nachgereist wären.

»Wie ist es denn gekommen, daß Franzen seine jetzige Frau geheiratet hat?« unterbrach ich sie, und die würdige Frau schüttelte seufzend den Kopf.

»Gott, Fräulein, sie hat ihn eben genommen, weil sie ihn haben wollte. Er mochte nicht an Geerdjes Schuld glauben und da ist er wohl an's Trinken gekommen. Ich hab' so etwas gehört. Na, und wenn einer erst trinkt, dann hat er nicht immer seinen Verstand und eigentlich war es gut, daß Rike ihn nahm. Das war nach einer Prügelei, wo er einen Messerstich wegkriegte und lange nicht arbeiten konnte. Er war müde und schwach und Rike ging zum Pastoren und machte alle Laufereien, die mit dem Heiraten verbunden sind, und dann sind sie getraut worden. Sie war immer fleißig und hatte sich auch etwas gespart, und wie er wieder gesünder wurde, mußte er natürlich auch was tun. Aber mit seiner Kraft ist es natürlich doch vorbei gewesen; er hat das Fischen aufgegeben und ist Tagelöhner geworden. Wenn sie nicht hinter ihm her gewesen wäre, würde er nicht so weit gekommen sein, mit dem Haus, und mit dem Garten: mit ihm ist es ja eigentlich nichts Rechtes und deshalb ist sie wohl so scharf geworden und er so still. Aber, das ist so in der Welt: man kann nicht immer glücklich sein, und daß ich einen schlimmen Fuß kriegen muß, ist auch kein Glück; ich muß wohl mal in die Zeitung setzen, von wegen einer Stütze, mit familiärer Stellung und in gesetzten Jahren, denn sonst kann ich hier was mit den Badegästen erleben, die meistens kein Gewissen haben!«

Als ich nachher heimwärts ging, sah ich Mutter Franzens Mann vor der Haustür stehen. Er kehrte mir halb den Rücken und blickte mit seinen tiefliegenden Augen starr in den roten Schein der Sonne, die sich kurz vorm untergehen noch aus den dicken Wolken herausgearbeitet hatte und ihren warmen Schein über die regenschwere Landschaft warf. Ich sah nicht in den Schein: ich sah in diese dunklen, tiefliegenden Augen, die einen so erloschenen Ausdruck hatten, die weit in die Ferne blickten, dorthin, wohin nur die Sehnsucht gehen kann.

»Hei!« Mutter Franzens Stimme gellte mir ans Ohr. »Morgen sollst du gleich mal zu Bauer Martens kommen, das Strohdach soll ausgeflickt werden!«

Der Angeschriene fuhr zusammen, dann senkte er den Kopf. Er war wieder der Sklave, und die Sehnsucht war verschwunden.

Am andern Morgen war die Sonne so strahlend und die See so spiegelglatt, daß wir gemeinsamen Bekannten ein kleines Dampfboot mieteten, das gelegentlich zu haben war, und mit ihm weit in die See hinausfuhren. Spät am Abend kehrten wir heim, müde und lustig. An der Anlegebrücke stand der Wirt, Herr Petersen, der sich mir mit einer gewissen Salbung näherte.

»Bei Franzens ist ein Unglück passiert,« meldete er. »Der Mann ist vom Dach gefallen und hat sich wohl was Inwendiges verletzt. Wenn Sie da nicht mehr logieren wollen, dann habe ich jetzt ein ruhiges Zimmer!«

Aber ich ging doch in mein altes Quartier. Still lag das kleine grünumsponnene Haus, und als ich mein Zimmer betrat, hockte dort Mutter Franzen auf dem Stuhl am Fenster.

»Ich darf ja nicht rein!« sagte sie tonlos, »er will mich nicht sehen! Er sagt, er will allein sterben! Oh, Fräulein!« sie faßte mich wild an, »wenn er nicht mehr lebt, dann muß ich auch sterben! Ich will zu ihm, ich muß rein!«

Aber sie durfte nicht. Der Arzt verbot es, weil ihn der Sterbende darum angefleht hatte. Eine Wärterin war gekommen und sie hielt die Tür zu. Er lag oben, in dem Giebelzimmerchen, das sein eigenes kleines Reich gewesen war, eine elende Kammer mit einem dürftigen Bett darin. Als ich versichert hatte, daß ich Frau Franzen nicht mitbrächte, durfte ich eintreten. Er lag ganz still, mit gefalteten Händen und weitgeöffneten Augen, die wieder jenen fernen Blick hatten, wie am Abend vorher. Er hatte das Rückgrat gebrochen, und es ging zum Tode. Wie lange es dauern würde, konnte niemand sagen. Die Wärterin flüsterte es mir zu, während sie den Riegel an der Tür vorschob.

»Sie darf nicht herein,« setzte sie ebenso leise hinzu, »der Doktor will es nicht.«

Von unten her klang das Weinen der Frau.

»Hans, mein Hans, laß mich doch rein! Laß mich doch rein!«

Ich trat an sein Bett.

»Franzen, wollen Sie Ihrer Frau nicht vergeben, wenn sie an Ihnen gesündigt hat?«

Er konnte den Kopf nicht rühren, aber seine Augen sahen mich an. »Nein!« sagte er deutlich. »Nein!«

Da kratzte es schon an seiner Tür.

»Hans! Ich will ja alles eingestehen, das mit Geerdje, und daß ich es gewesen bin, und ich will gut sein und dir nie ein böses Wort mehr geben! Hans! Ich hab' dich doch immer so furchtbar lieb gehabt und ich mußte dich haben! Wenn man einen so gräßlich lieb hat, dann muß man ihn doch kriegen! Hans, mein Hans, laß mich bei dir sein!«

Es war jämmerlich anzuhören und die Wärterin wischte sich die Augen, aber der Sterbende lag regungslos.

»Nein!« sagte er nur noch einmal, und dann hob er die Hand, als ob er nach etwas greifen wollte und flüsterte ein Wort, das ich nicht verstehen konnte. Aber über sein verwittertes kaltes Gesicht ging wieder jener Ausdruck von großer Sehnsucht und von großer Zärtlichkeit. Und dann streckte er sich und starb ohne Schmerzen und im Frieden.

Am andern Morgen zog ich ins Hotel Bellevue, wo Frau Petersen mich mit behaglicher Ruhe empfing.

»Man gut, daß wir gerade Platz hatten. So'n Todesfall ist nichts für die Sommerfrische und daß Er nun auch gerade davon mußte. Sie soll ja ganz verrückt sein! Nu, wenn die Beerdigung man erst gewesen ist, dann wird sie sich Wohl wieder besinnen. Er hat sie ja auch nicht sehen wollen, was ich ihm gar nicht zugetraut hätte. Er hatte ja wohl mehr in sich, als man dachte. Ja, ja, die Männer – man kann ihnen doch nicht trauen! Freuen Sie sich, daß Sie keinen haben. Aber nun wollen wir von etwas anderem sprechen. Sie sehen ja schrecklich elend aus, und das Bad soll Ihnen doch gut bekommen! Und heute mittag sollen Sie bei der Schauspielerin sitzen, die so wunderhübsch deklamieren kann, dann kommen Sie auf andere Gedanken. Von Wilhelm Busch und von Bismarck und von Schiller, ganz großartig!«

Die Leute bedauerten mich alle. Daß ich so etwas Unangenehmes erleben mußte, und daß dies nicht gut für meine Nerven wäre. Die Schauspielerin deklamierte und die andern lachten und bewunderten. Man war ja im Seebade und sollte um Gottes willen nichts Trauriges denken.

Aber ich reiste doch am andern Tage ab. Meine Zeit war fast abgelaufen und Frau Petersen fiel mir wirklich auf die Nerven.

Als das kleine Dampfboot mich aufgenommen hatte und langsam an der Küste entlang strich, klangen vom Kirchdorf her die Glocken. Das war Er, dem sie sein letztes Lied sangen, vielleicht das einzige, das ihm jemals gesungen wurde. Und ich sah in meinen Gedanken die kleine dürre Frau hinter dem Sarge gehen und grübelte darüber nach, wie sich das Leben nun für sie gestalten würde. Jetzt, wo sie einsam war und keinen Mann mehr hatte, dem sie befehlen konnte. Und wie das Dampfboot behaglich durch die salzigen Fluten glitt, wie die Maschine keuchte und der Wind in den Masten pfiff, hörte ich das jämmerliche: »Wenn man einen so gräßlich lieb hat, dann muß man ihn doch kriegen!«

Sie hatte ihn gekriegt und das Leben war salziger für sie gewesen, als der Tropfen Ostsee, den der Wind mir ins Gesicht schleuderte.

Als ich dann wieder nach dem kleinen Badeort kam, waren Jahre vergangen. Ich wollte nicht bleiben; ich war mit meinen Verwandten dort und wir schlenderten nur umher, betrachteten dies und jenes und aßen schließlich bei Herrn und Frau Petersen, die noch immer ihr Gasthaus schlecht und recht führten.

Er hatte eine sehr rote Nase bekommen und sie war noch dicker geworden. Aber beide waren freundlich, und als wir später in der Veranda Kaffee tranken, kam die Wirtin, um sich mit mir zu unterhalten.

Ich mußte doch erfahren, daß das Wirtshaus einen Anbau erhalten und daß die Schauspielerin von damals noch immer nicht alles bezahlt hatte, was sie ihren Wirtsleuten schuldig geblieben war. Und daß heute Abend »Rünion« sein sollte und daß Mariners aus Kiel zum Tanzen aufspielten.

»Und wie geht es Frau Franzen?« fragte ich in ihre behaglichen Reden hinein.

Frau Petersen sah mich an, als müßte sie sich erst besinnen.

»Mutter Franzen? Gott, die ist ja schon lange tot! Die haben wir alle vergessen! An der war ja auch nichts zu behalten!« setzte die Gefragte hinzu, weil ich sie noch immer ansah. »Die war ja verrückt, Fräulein, rein verrückt. Sie wollte ja mit einmal vor ewig langen Jahren Feuer angelegt haben, bloß, weil sie die kleine Geerdje ins Unglück bringen wollte. Auf der Straße hat sie gestanden und es laut in die Welt geschrieen, was ganz schlecht fürs Dorf war, denn die Gäste wurden graulich und wollten ihr nicht begegnen. Dann ist die Polizei gekommen und hat Mutter Franzen in Gewahrsam genommen, und dann ist sie weggelaufen und hat tot auf dem Grab von ihrem Mann gelegen. Es war wirklich eine unangenehme Geschichte, und wenn man auf Reisen ist und sich erholen will, dann darf man nicht an so was denken. Aber Mutter Franzen ist natürlich immer ein bißchen verrückt gewesen. Wir haben es gar nicht gemerkt und der Mann kann einem nachträglich leid tun, aber er ist ja noch länger tot und darum wollen wir nicht mehr von der Sache sprechen!«

Und Frau Petersen plätscherte weiter in dem flachen Gewässer der Gewöhnlichkeit.

Ich aber denke noch manchmal an die zwei Menschen, die in den salzigen Fluten des Lebens untergehen mußten. Deshalb, weil sie ihn in ihrer Art liebte. Es war die verkehrte Liebe.

Von denen, die da waren

Seine Majestät, König Ludwig der Vierzehnte von Frankreich, saß in seinem kleinen Kabinett, in dem er der Mittagsruhe pflegte, und ärgerte sich. Ärgern ist nicht gesund für einen König, der soeben viel gegessen hat, und behaglich die Augen schließen möchte. Die Ärzte verlangten absolute Ruhe für einen König, der ein starkes Mahl eingenommen hat, und nach dieser Anstrengung der wohlverdienten Ruhe genießen soll. Aber wenn die Damen sich erzürnen und ihm eine Szene machen, anstatt sich zu freuen, daß die königliche Gnadensonne sie mit ihren Strahlen erwärmt, dann kann man wohl verdrießlich werden.

Frau von Montespan hat Jahre lang viele Gnaden genossen; weshalb gibt sie jetzt der kleinen Frau von Fontanges häßliche Worte und verlangt, daß diese ihr das Zimmer wiedergebe, das allerdings ehemals der Frau von Montespan gehörte und in unmittelbarer Nähe der königlichen Gemächer liegt? Aber König Ludwig will, daß jetzt Frau von Fontanges in seiner Nähe bleibe. Er ist zu höflich, um der Montespan offen zu sagen, daß er die Fontanges jetzt lieber um sich hat – weshalb versteht die gute Frau nicht ohne Worte, was doch so begreiflich ist? Die Könige müssen Abwechslung haben, sonst könnten sie sich langweilen, und die Langeweile ist die schlimmste Krankheit der Fürsten. Der König schließt die Augen und versucht zu schlummern. Es gelingt nicht. Er sieht die zornigen Blicke der Montespan und das etwas aufgedunsene Gesicht der Fontanges. In dieser Zeit sieht sie nicht sehr gut aus, was, in Anbetracht der bevorstehenden Festlichkeiten, nicht angenehm ist. Denn wenn jetzt die Hochzeitsfeierlichkeiten von Mademoiselle mit dem König von Spanien kommen, gehört es sich, daß die Freundinnen des mächtigen Königs auch gute Figur machen.

Nein, der König kann nicht schlafen. Er rührt die goldene Schelle, die neben ihm steht, und ein Page tritt mit vielen Verbeugungen ein.

»Wo ist Monsieur?« fragt Seine Majestät.

»Noch nicht da, Sire!«

»Ich habe ihn doch bestellt!« grollt der König, und der Page zittert ein wenig. Wenn die Majestät böse wird, kann sie unangenehm werden. Aber da erklingen Schritte, und Monsieur, der Bruder des Königs, erscheint. Er verbeugt sich ehrfürchtig, mit allen Zeichen des dem König schuldigen Respektes, aber wie der Page das Gemach verläßt, sinkt Philipp, Herzog von Orleans, auf einen Stuhl und lacht vergnügt.

»Haben Sie auf mich gewartet, Sire?«

Ludwig runzelt die gefärbten Brauen. Philipp weiß genau, daß der König nicht liebt, von seinem Bruder mit Sire angeredet zu werden. Monsieur ist der einzige Mensch in Frankreich, der den König duzen darf. Der einzige, auf den Ludwig böse wird, wenn er diese Ehre nicht würdigt.

»Ich erwarte dich schon lange!« murrt er. »Wo warst du doch?«

»Ich mußte unsern Besuch empfangen!« erzählt Monsieur und nestelt an seinem reich bestickten Rock.

»Euer Besuch?« Der König tut erstaunt. Sein Bruder weiß, daß er genau weiß, welchen Besuch Madame Liselotte erwartet, aber er weiß auch, daß es Seiner Majestät manchmal beliebt, sich bekannte Dinge noch einmal erzählen zu lassen.

»Ja, unser Besuch!« Monsieur zieht einen kleinen Handspiegel aus der Tasche und betrachtet sich. Er trägt eine seiner besten Allongeperücken, ist stark geschminkt und die Knöpfe seines Rockes sind mit kleinen Diamanten besetzt. Der König, der selbst einen sehr einfachen Rock trägt, hat diese Pracht lange gesehen, es paßt ihm aber, zu tun, als wüßte er von nichts. Philipp ist manchmal ein wenig töricht, aber der König ist an seine Art gewöhnt, und er hört ganz gerne diese etwas affektierte Stimme und die kleinen lächerlichen Redewendungen.

»Du weißt, Louis, daß Madame manchmal Heimweh nach ihrem Lande hat. Nun ja, die Pfalz ist so übel nicht – einmal bin ich dort gewesen. Die Menschen sind anders als wir. Jedermann kann nicht Franzose und Untertan des mächtigsten Königs der Erde sein!«

Monsieur macht eine kleine Verbeugung, und der König lächelt.

»Ach so, Madames Familie ist hier?«

»Ihre Nichte, Herzogin von Braunschweig-Lüneburg.« Monsieur quält sich weidlich, diese barbarischen Namen auszusprechen. »Die Herzogin besucht ihre Schwester, die Äbtissin von Maubuisson. Du weißt, die dicke Louise. Aber obgleich sie eine Ketzerin war, ist sie eine fromme Katholikin geworden. Ihr Kloster steht im Geruch der Heiligkeit.«

»Ich weiß,« der König lächelt wieder. Er hat etwas übrig für die frommen Klöster.

»Also, sie sind heute früh alle angekommen. Die Herzogin Sophie, ihre Tochter, verschiedene Hofdamen und was sonst dazu gehört. Madame und ich waren in Maubuisson und empfingen sie zusammen mit der Äbtissin. Diese drei deutschen Damen haben sehr geweint und sich viele Male geküßt! Du weißt, Madame kann manchmal sehr weinen!«

»Gewiß, gewiß!« Der König sieht nachdenklich aus dem Fenster, an dem er sitzt. Vor ihm breitet sich der Park von Versailles aus. Es ist heißer Sommer, die Rosen duften, hier und dort rauscht ein Springbrunnen, und die großen Baumreihen geben tiefen Schatten. Es ist schön hier – Lenôtre hat seine Sache gut gemacht, aber Louis hat ihm tüchtig geholfen und ist stolz auf seine Gartenkunst.

»Sind sie glücklich hier zu sein?« fragt er jetzt.

»Versteht sich. Sie waren ein wenig bange von wegen der Etikette. Die Herzogin reist natürlich inkognito, sie nennt sich Frau von Osnabrück. Dort wohnt sie.«

»Osnabrück –« der König lacht. »Daran zerbricht man seine Zunge.«

»Madame hat mir den Namen so oft vorgesprochen, daß er mir nicht mehr schwer wird!« versichert Monsieur. »Die Braunschweigerin ist eine hübsche Frau, und die Tochter ist niedlich.«

»Wie alt?«

»Ich schätze dreizehn, vierzehn. Heißt Sophie Charlotte, ist groß und stark. Soll Latein sprechen und hat eine gute französische Aussprache. Wenn dein Dauphin –«

Louis macht eine abwehrende Bewegung »Ich habe schon an den Kurfürsten von Bayern schreiben lassen. Da ist eine streng katholische Prinzessin, und du weißt, daß Ihre Majestät, die Königin, sehr fromm ist.«

»Es ist eine niedliche kleine Prinzeß!« meint Monsieur. Er zieht einen Stift hervor und macht sich die Augenbrauen schwärzer. »Ansehen mußt du sie, Louis. Auch die Herzogin. Ihr Gemahl und noch ein anderer Braunschweiger besiegten damals den Marschall Crequy bei der Conzer Brücke. Das war recht ärgerlich!«

König Ludwig wird rot. Er weiß, daß ihn sein Bruder ärgern will, und will ihm den Gefallen nicht tun.

»Ich werde mich von den Deutschen nicht wieder besiegen lassen!« erwidert er. »Also die Prinzessin ist niedlich?«

»Allerliebst. Nicht so hübsch, wie die kleine Hofdame, die mitgenommen ist. Wirklich eine Schönheit. Schade, daß du sie nicht sehen kannst. Aber es geht wohl nicht wegen der Etikette.«

»Natürlich nicht. Du weißt, Philipp, daß die Heirat deiner Tochter mit Seiner Majestät von Spanien alle Vorbereitungen in Anspruch nimmt. Nächstens werden die Ehepakten unterschrieben, dann kommt die Trauung, dann die große Cour, der Ball – woher soll ich die Zeit nehmen, diese Deutschen zu sehen?«

»Gewiß nicht!« versichert Orleans. Er weiß, daß Louis sicher diese Fremden sehen wird, aber es ist besser, zu tun, als glaube man seinen Worten.

Der König klagt plötzlich. Die Heirat der Prinzessin mit dem König von Spanien macht sehr viel Arbeit und Kosten. Mademoiselle muß eine ordentliche Aussteuer haben, und ihr Hofstaat verlangt gleichfalls neue Kleider. Sein Finanzminister hat schon gejammert.

»Er muß eine neue Steuer ausschreiben!« meint Monsieur. »Meine kleine Tochter hat vorgestern sehr geweint,« setzt er hinzu. »Sie hat ein Bild des Königs von Spanien erhalten und findet ihn sehr häßlich!«

Der König wirft den Kopf in den Nacken. »Prinzessinnen müssen sich freuen, wenn sie Könige zum Gemahl erhalten. Mademoiselle wird sehr glücklich werden!«

Die Brüder bereden noch allerlei Geschäftliches. Es soll eine glänzende Hochzeit werden, und wenn der spanische König auch nicht in eigner Person erscheinen kann, so wird sein außerordentlicher Gesandter ihn per Prokuration vertreten. Und die Heiratsakte, die verschiedenen Bestimmungen des französischen Reiches sind bereits ausgearbeitet. Diese französische Heirat wird die Erbfolge der Bourbonen in Spanien sicherstellen. Der König spricht eifrig, und Monsieur hört geduldig zu. Er interessiert sich nicht sehr für Politik, er belustigt sich lieber, kauft schöne Bilder und Juwelen und hat allerlei Freundschaften, die mit der Politik nichts zu tun haben, und die seine Gemahlin ärgern. Aber Monsieur weiß auch, was er der Würde eines königlichen Bruders schuldig ist und wirft hin und wieder ein Wörtlein ein.

Plötzlich fragt der König: »Wie macht Ihr das mit der Etikette? Diese deutschen Fürstinnen haben doch keinen ordentlichen Rang bei uns?«

»Sie reisen inkognito, und wir fassen die Herzogin immer unter den Arm, wenn wir in eine Tür gehen oder in den Wagen steigen,« plaudert Monsieur. »Madame hat sich dies alles sehr nett ausgedacht. Sie sagt, die Deutschen sind sehr stolz und glauben ebenso vornehm zu sein wie die Bourbonen. Die Herzogin Sophie ist die Tochter eines Königs und einer Stuart. Sie halten auf ihre Würde. Da sie uns besuchen, darf man sie nicht kränken.«

»Natürlich nicht.« Ludwig ist durch diese ganze Unterhaltung besserer Stimmung geworden. »Ich werde ihnen vielleicht einmal von ungefähr begegnen,« meint er mit einem Anflug von Wohlwollen. »Schon Madames wegen, die eine brave Frau ist. Du vernachlässigst sie, Philipp, das sollte nicht sein. Man muß seine Gemahlin in Ehren halten!«

»Gewiß, Sire!« Philipp verbeugt sich, und der König spricht von anderen Dingen.

»Ich fürchte, Ihre Majestät die Königin wird die deutschen Damen nicht empfangen! Sie ist genau mit der Etikette!«

»Vielleicht läßt sich ein Weg finden!« erwidert Orleans, der jetzt aufsieht. Er will wieder nach Maubuisson, wo die deutschen Damen sind, und Madame so herzlich lacht, wie sie lange nicht gelacht hat. Manchmal sieht der Herzog von Orleans ein, daß seine Gemahlin Ursache hat, Heimweh zu empfinden. Aber diese Augenblicke gehen rasch vorüber. Ist es nicht eine große Ehre, die Herzogin von Orleans und die zweite Dame von Frankreich zu sein? Er besieht sich noch einmal im Spiegel und verabschiedet sich. Und Louis schickt einen Pagen zu Frau von Fontanges. Er will eine Weile mit ihr plaudern.

Die alte Abtei Maubuisson lag zwischen Versailles und Paris und war ein behaglicher Bau, in dem die vornehmen Nonnen mit ihrer Äbtissin angenehm lebten. Maubuisson gehörte zu den Nonnenklöstern, in die sich die vornehmen Damen der französischen Gesellschaft auf einige Monate zurückzogen, um der Ruhe und ihren Liebhabereien zu pflegen. Das Kloster war nicht von der Welt abgeschnitten, sondern lag eigentlich mitten darin. Die eleganten Abbés, die ihre Schwestern, Kusinen und Freundinnen besuchten, brachten immer die Neuigkeiten der Welt mit, und im Klostergarten fand sich manch schattiges Plätzchen, in dem man ungestört mit einem Seelenfreund, einer Freundin plaudern konnte.

Die drei Pfälzer Prinzessinnen saßen im Wohngemach der Äbtissin und hatten sich viel zu erzählen. Madame Liselotte hatte zuerst geweint, als sie ihre Nichte, die Herzogin Sophie, in die Arme schloß. Nun war sie wieder gefaßt, sprach munter pfälzisch, wie sie lange nicht getan hatte, und fragte nach hundert Dingen. Sie war eine starke Frau mit frischen Gesichtszügen und etwas nachlässigen Manieren. Sie war nicht so hübsch wie die Herzogin Sophie, die ein regelmäßiges, stolzes Gesicht hatte, dazu sehr schöne Augen und eine fürstliche Haltung, die sie niemals verleugnete. Sie lag jetzt in einen Stuhl zurückgelehnt und hörte aufmerksam zu, wie sich die Herzogin Liselotte mit der Äbtissin unterhielt. Beide lachten miteinander, und die Äbtissin hatte dabei etwas sehr Gemütliches. Louise von der Pfalz hatte das Leben immer gemütlich genommen. Sie, die Tochter des Winterkönigs Friedrich, war ohne viel Bedenken vom evangelischen Glauben zum katholischen übergetreten, und hatte dadurch die Äbtissinnenstelle in Maubuisson erhalten. Dort waltete sie seit Jahren ihres Amtes, war allgemein beliebt und brauchte sich keine Sorgen um ihre Existenz zu machen. Arme Prinzessinnen gab's damals schon genug, sie waren nicht leicht unterzubringen, und ein Glaubenswechsel bedeutete bei den Fürstlichkeiten nicht viel. Allerdings litt die Äbtissin seit einiger Zeit an Herzbeschwerden, und seit dieser Zeit auch an Heimweh. Daher hatte sie gebeten, daß ihre jüngere Schwester Sophie sie besuchen sollte, und die Herzogin war gern gekommen, besonders da Madame Liselotte gleichfalls um diesen Besuch gebeten hatte.

»Du weißt nit, wie's tut, mal deutsch zu reden!« sagte sie jetzt zu Sophie, die sie liebevoll ansah. Die Herzogin von Braunschweig-Lüneburg war der Aufforderung ihrer Verwandten mit Freuden gefolgt. Ihr Gemahl, der jetzt Bischof von Osnabrück war, reiste oft allein in der Welt herum und ging dann Liebesabenteuern nach. Sophie wußte dies, fand sich aber mit guter Manier darein. Aber sie langweilte sich oft genug in Osnabrück, daher sie mit Vergnügen diese große Reise machte. Es war doch schön, einmal durch fremdes Land zu fahren und fremde Menschen zu sehen. Dazu Frankreich, und König Ludwig, Versailles mit seinem Glanz und der strengsten Hofetikette. Zwar so lustig, wie sie es sich vorgestellt, war die dreiundzwanzigtägige Reise bis Versailles nicht gewesen. Schlechte Wege, schlechte Pferde, oft auch mangelhafte Bespeisung. Eigentlich hatte sie sich von Frankreich ein anderes Bild gemacht, viel viel schöner, als es war. Aber hier, in Maubuisson, war es allerdings schön, und gestern hatten sie schon eine Fahrt nach Versailles gemacht, und den Garten, das riesige Schloß mit allen Nebengebäuden liegen sehen. Dort wohnte König Ludwig, seine Frau Gemahlin, seine Freundinnen, alle die Vornehmen, die um ihn waren, ihn bedienten, glücklich waren über ein Lächeln von ihm, aufs tiefste von Schmerz durchwühlt, wenn Seine Majestät ungnädig war. Nachdenklich hatte Sophie alles besehen, das ihr gezeigt wurde. Monsieur und Madame hatten sie in ihrem Wagen gefahren, und die zukünftige Königin von Spanien war gleichfalls dabei gewesen. Und diese künftige Königin hatte sich auf den Rücksitz des Wagens gesetzt, obgleich sie auf den Vordersitz gehörte. Sophie war in der Tat gerührt, wie sie denn überhaupt mit der Aufnahme von Monsieur und Madame zufrieden sein konnte. Nun, von Liselotte ließ sich nichts anderes erwarten, sie war eine Pfälzerin, und die Pfälzer hatten alle gute Herzen; aber Monsieur, Ludwigs Bruder, und der zweite Vornehme in Frankreich, dem mußte man dankbar sein. Er sollte ja verschwenderisch, vergnügungssüchtig und recht treulos sein. Wo aber gab es Männer, die ihren Frauen die Treue hielten?

Sophie war so in Gedanken, daß sie jetzt erst wieder auf die Stimme der Äbtissin hörte, die eifrig mit Liselotte flüsterte.

»Gestern ist wieder eine Szene zwischen der Montespan und der Fontanges gewesen. Der kleine Prevost, dessen Bruder Page ist, hat's mir erzählt. Die Montespan soll wahrlich Frau von Fontanges geohrfeigt haben. Und die ist natürlich gleich zum König gelaufen. Majestät ist selbstverständlich böse gewesen, hat gesagt, wenn das noch einmal vorkäme, dann dürfe die Montespan nicht an den Hochzeitfeierlichkeiten teilnehmen. Und sie hat sich gerade eine so wundervolle Toilette dazu machen lassen. Roter Brokat, hellgelbe Seide und wunderbare Spitzen. Die Fontanges kann sich nicht so fest schnüren, sie wird sehr abfallen und soll auch schon geweint haben. Aber sie ist doch die Beste, weil sie jünger ist. Die Montespan wird alt, das mag der König nicht!«

»Die beiden treiben's so lange, bis der König beide vor die Tür setzt!« meinte Liselotte. Dann wandte sie sich zu Sophie. »Nun red' mal von deinem Bruder, dem Pfalzgrafen, seiner Degenfeld und alle den kleinen Raugrafen und Gräfinnen. Er ist ein guter Vater, nit wahr?«

So gleitet die Unterhaltung vom französischen Hofe nach Heidelberg, nach Deutschland, nach allem, wonach die arme Liselotte schon lange Heimweh hat und es doch nie befriedigen kann.

Im Nebenzimmer sitzt die Prinzessin Sophielott von Braunschweig-Lüneburg und um sie sitzen ihre Hofdamen Fräulein von Kramm und Fräulein von Monbeliard aus dem Kloster von Maubuisson. Ein hübsches junges Mädchen, der die blaue Nonnentracht mit dem weißen Schleier sehr gut steht, und die deshalb auch dies geistliche Gewand angelegt hat. Denn sie hat noch kein Gelübde getan und hofft auch, daß sie es nicht nötig hat. Sie will viel lieber heiraten; aber sie hat keine nennenswerte Mitgift, und die vornehmen französischen Herren fragen immer nach der Mitgift. Yvonne von Monbeliard berichtet dies eben an Renate von Kramm, die ihr voller Teilnahme lauscht. Sie selbst weiß, wie es armen adligen Fräulein geht. Sie selbst stammt aus einer kinderreichen altadeligen Familie, und es ist ein Glück, daß die durchlauchtige Herzogin sie mit auf die Reise genommen hat. Sie ahnt nicht, daß Sophie sie nach der Reise sobald wie möglich entlassen wird. Nicht, weil sie mit ihr unzufrieden, sondern weil Renate zu hübsch ist, um den Herzog Ernst August nicht gleich zu entflammen. Obgleich die Herzogin so tolerant ist, wie eine Fürstin damaliger Zeit sein muß, so liebt sie es doch nicht, wenn sich einige kleine Romane in ihrem eigenen Hofstaat abspielen. Ihre Hofdamen sind immer ziemlich alt und häßlich. Wenn eine nicht krank geworden wäre, würde Renate niemals zur Begleitung mitgenommen sein. Aber der Herzog war ja auch zu Haus geblieben. Renate von Kramm ist eine Schönheit. Die Äbtissin hat sie gleich mit Wohlgefallen betrachtet, und ihre Nonnen gleichfalls. Auch die Abbés, die die deutschen Damen bis dahin aus der Ferne beobachtet haben, kneifen die Augen zusammen und lächeln wohlgefällig. Daß so etwas auf dem deutschen Barbarenboden wächst, ist kaum zu glauben. Gibt es dort so gertenschlanke Figuren, so große strahlende Augen, so goldschimmerndes Haar, eine so rosige Haut, die keiner Schminke bedarf, so feingezeichnete Augenbrauen, die echt sind? Yvonne von Montbeliard bewundert Renate gleichfalls.

»Großartig hübsch!« vertraut sie ihrem Vetter dem Abbé an, der sie gelegentlich besucht. »Unsere schönen Damen am Hofe würden sich ärgern, sähen sie die kleine Deutsche!«

Der Abbé murmelt auch etwas wie Bedauern. Er gönnt einigen Damen am Hofe des Königs gern einmal ärgerliche Stunden. Vor allem der Marquise von Montespan und ihren hochnäsigen Söhnen.

In diesem Augenblick denkt Renate von Kramm nicht an ihre Schönheit. An die denkt sie überhaupt kaum. Als sie noch auf dem Lande bei ihren Eltern war, wußte sie nicht, daß sie schön war. Jetzt ist das anders geworden. Die Reise durch Frankreich hat ihr manchen bewundernden Blick eingetragen, und beide Kavaliere der Begleitung haben ihr eine Liebeserklärung gemacht. Aber da sie beide verheiratet sind, haben ihr diese schönen Worte keinen Eindruck gemacht. Jetzt sitzt sie mit den zwei jungen Damen zusammen und knabbert Biskuits wie sie. Dazu gibt es süßen Wein, den Madame eigens für ihre deutschen Verwandten in die Abtei geschickt hat. Er wird aus hauchfeinen Gläsern getrunken, und wenn Renate ihn an die Lippen setzt, und dabei die Blicke durch den klösterlich und doch vornehm eingerichteten Raum gleiten läßt, dann ist es ihr, als erlebe sie ein Märchen. Sie denkt an das baufällige Haus ihrer Väter, an die grobe Kleidung ihrer Eltern und Geschwister. Es ist alles armselig bei den Kramms, seitdem der Dreißigjährige Krieg auch über sie dahingefegt ist. Da gibt es keine Brokatgewänder, wie sie sie hier schon gesehen hat, keine feinen Speisen und auch keine feinen Manieren. Schon Osnabrück und sein kleiner Hof, seine Herren und Damen, haben ihr großen Eindruck gemacht, aber nun hier Maubuisson mit Monsieur und Madame, mit Mademoiselle, die nächstens eine Königin sein wird, alles dies hat etwas Verwirrendes und es ist gut, daß Prinzeß Sophielott mit ihren klugen Kinderaugen gelassen in die Welt blickt und manchmal eine ketzerische Bemerkung macht. Denn, wenn Sophielott auch erst dreizehn Jahr alt ist, so hat sie doch schon ein eigenes Urteil. Prinzessinnen werden früher erwachsen als gewöhnliche Menschen, und Sophielott ist außerdem klug. Sie hat einen großen Drang zum Lernen und mag sich gern mit Gelehrten unterhalten. Sie spricht nicht allein fließend Französisch, sie kann sich auch in lateinischer Sprache unterhalten. Als Monsieur dies hört, erschrickt er fast. Prinzessinnen dürfen nicht gelehrt sein, meint er, das schade ihrer Schönheit. Aber Sophielott lacht nur. Sie freut sich, daß sie an etwas anderes denken kann, als an Kleider, Puder und Schminke. Sie langweilt sich manchmal ein wenig in Maubuisson und es ist gut, daß es einen kleinen Grafen Bentheim gibt, der mit seinem Hofmeister in Paris weilt und eine Tante in Maubuisson hat, die er jetzt eifrig besucht. Er ist erst siebzehn Jahre alt, und sein Vater hat ihn auf Reisen geschickt, damit er die Welt, und besonders die französische kennen lerne. Die Bentheims sind wohlhabend und können sich diese Reise leisten. Aber der kleine Graf hat sich doch die Reise anders vorgestellt und ärgert sich vor allem, daß er nicht zum Hof zugelassen wird. Er ist nicht vornehm genug, sagt man ihm. Ein deutscher Graf bedeutet in Versailles nicht viel. Es gibt viele deutsche Grafen. Wenn die alle an den Hof von Versailles kommen wollten, wo bliebe da die Etikette? Ja, die Etikette. Yvonne von Montbeliard spricht gerade von ihr. Es ist sehr streng mit der Etikette am Hofe von Versailles. Genau so, wie in Spanien, woher die Königin von Frankreich stammt. Es wird daher wohl schwierig sein für die hannoverschen Herrschaften, Zutritt zu den Hochzeitsfeierlichkeiten zu erlangen.

»Werden wir denn den König und die Königin gar nicht sehen?« fragt Renate enttäuscht. Yvonne weiß es nicht. Monsieur und Madame haben ja großen Einfluß; aber manchmal sind die königlichen Herrschaften halsstarrig, und die Kammerherren erst recht. Sophielott lächelt vor sich hin. Sie ist dabei gewesen, wie Madame ihrer Mutter versprochen hat, daß sie jedenfalls die Hochzeit sehen soll. Wenn auch an einem versteckten Platz. Aber sie sagt nichts. Fürstinnen lernen früh das Schweigen.

Aber dann ist die Trauung der Prinzessin von Orleans in der Kapelle von Fontainebleau, und sowohl die Herzogin mit Tochter und ihr ganzer Hofstaat dürfen ihr beiwohnen. Sie sitzen auf einer Empore und können alles sehen und hören. Die ganze prächtige Gesellschaft und die lange Rede des Erzbischofs von Paris. Der König von Spanien ist nicht da, er wird durch einen sehr schlanken, sehr stattlichen Granden vertreten. Man flüstert, daß dieser Grande viel hübscher sei, als seine Majestät.

Die Braunschweig-Lüneburgischen Herrschaften haben Zeit, sich den König und seine Gemahlin, die Montespan, Frau von Fontanges, alle anzusehen, von denen geredet wird, und nach der Zeremonie dauert es nicht allzu lange, da erscheint Monsieur bei der Herzogin und flüstert, daß Seine Majestät die Gnade haben wolle, sie und ihre Tochter zu empfangen. Ehe die Damen sich auf diese Gnade vorbereiten können, ergießt sie sich schon über sie, König Ludwig steht vor der Herzogin, verbeugt sich artig, sagt einige höfliche Worte, wirft einen forschenden Blick auf die junge Prinzessin und schweigt plötzlich. Hinter der Herzogin steht nämlich Renate von Kramm. Sie trägt ein einfaches weißes Kleid, das Hals und Arme frei läßt, ungepuderte, hochfrisierte Haare, und ein heller Sonnenstrahl fällt gerade in ihr Gesicht. Ihre Augen sind groß auf den König gerichtet, der schon weiter spricht. Immer in dem artigen leisen Ton, dessen sich Ludwig allen Damen gegenüber befleißigt. Er bedauert, daß er in dieser Zeit so wenig Muße hat, sonst würde er den Vorzug haben, die Frau Herzogin länger zu sehen. Er hofft, daß Frankreich ihr gefallen möge, und freut sich, daß Madame, seine Schwägerin, ihre Verwandte bei sich sehen darf. Die Unterredung ist zu Ende. Herzogin und Prinzessin verbeugen sich, wie es ihnen gesagt ist. Sie wundern sich, daß der König einen Augenblick an ihnen vorübersieht, sich dann aber hastig abkehrt. Kammerherren und andere Hofschranzen warten bereits; er muß seine Rolle weiterspielen.

Monsieur berichtet andern Tages, daß die Damen sehr gefallen haben. Die Königin will sie auch sehen, und die festliche Theatervorstellung, wie den Ball sollen die Damen auch besuchen. »Das kleine Fräulein auch!« setzt Orleans hinzu und lächelt zu Renate herüber, die vor lauter Ehrfurcht fast die Sprache verliert. Ist es denn wahr, darf sie auch anwesend sein, wenn die höchsten Herrschaften tanzen und ins Theater gehen? Aber sie darf es, Monsieur bemerkt noch, daß, da die Damen inkognito reisten, sie keine Umstände mit der Toilette hätten. Die Seidenkleider von der Herzogin und Sophielott wären gut genug, und das kleine Fräulein in ihrem weißen Gewand sähe recht liebenswürdig aus.

Der Hof, der jetzt ganz nach Fontainebleau übergesiedelt ist, hat viel zu schwatzen, zu tuscheln. Die königlichen Wagen fahren hin und her zwischen Paris, Versailles, Fontainebleau. Auch nach Maubuisson kommen die Hofwagen, und die Äbtissin lächelt ein wenig. Denn nicht allein Madame und Monsieur besuchen eifrig die braunschweigischen Herrschaften, auch andere vornehme Leute stellen sich ein. Sie bringen Hofklatsch und die unbeschreibliche Luft mit, die über dem ganzen Königshaus und seinen Dienern schwebt. Ein Gemisch von Puder, Schminke und starken Gerüchen, wie sie die Herrschaften lieben, die ohne Wasser und Seife schön sein wollen. Sophielott lacht darüber. Sie wird im ganzen wenig beachtet und sie macht sich nichts daraus. Erstens ist sie noch ein halbes Kind, und dann ist sie der Ansicht von Hermann Bentheim, daß der französische Hof längst nicht so schön ist, wie man in Deutschland immer behauptet. Viele Damen sind alt und verschminkt, und die Königin, von deren Schönheit man viel redete, hat kohlschwarze Zähne und einen runden Rücken. Allerdings sind die beiden Brüder, der König und Monsieur hübsch. Besonders der König, der solche stolze Haltung hat und dabei lange nicht so geputzt ist wie sein Bruder. Er trägt immer einen blauen, mit weißer Seide gefütterten Rock, der mit Silberstickerei verziert ist. Er läßt sich keine Diamanten an den Rock nähen, wie sein Bruder, und wenn er seine Allongeperücke ablegt, dann hat er richtiges dunkles

Haar darunter, während Monsieur dann eine rotseidene Nachtmütze trägt und sehr verrückt aussieht. So schwatzt Hermann Bentheim mit Sophielott, und die zwei lachen zusammen. Bentheim weiß diese Dinge von seinem Hofmeister, der ein französischer Kalvinist ist, und dem das ganze Gebahren des Hofes ein Greuel ist. Aber Herr von Beaujolais hat eine Menge Verbindungen am Hof, ihm wird viel zugetragen. Außerdem ist er halbwegs mit Frau von Fontanges verwandt, und hat ihr schon eine ernste Rede gehalten, wegen ihres leichtfertigen Lebenswandels. Eine Rede, die sie lächelnd anhört und nicht versteht. Ist es nicht das höchste Glück einer Dame, die Geliebte des mächtigsten aller Herrscher zu sein? Beaujolais hat kein Glück mit seiner Philippika, aber weil er ein gewisses Wohlwollen für die Fontanges empfindet, warnt er sie, Kuchen und Süßigkeiten von unbekannten Freunden anzunehmen. Jedenfalls, ihren Hund erst davon essen zu lassen. Ein sehr schönes Mädchen, die einmal die Augen des Königs auf sich lenkte, ist nach kurzer Krankheit ganz plötzlich gestorben.

So erzählt der junge Graf, und Sophielott hört nachdenklich zu.

Die Hochzeitsfeierlichkeiten sind vorüber, und Herzogin Sophie ist sehr befriedigt. Sie hat der Königin nicht das Kleid geküßt, wie diese Dame von ihr erwartete; ist sie nicht eine Tochter der Stuart, und hat vielleicht Anwartschaft auf den englischen Thron? Sie macht der Königin immer eine tiefe Verbeugung und belustigt sich an dem enttäuschten Lächeln der Spanierin. Aber die jetzige Königin von Spanien läßt die Herzogin immer auf ihrem Taburett sitzen, obgleich dieses der deutschen kleinen Fürstin nicht zukommt. Sie ist reizend, die junge Königin, und weint jeden Tag, ihr geliebtes Frankreich zu verlassen. Aber das Weinen nützt nichts; eine Königin muß sich fügen.

Die Äbtissin von Maubuisson ist sehr guter Dinge. Ein so angenehmes Leben hat sie lange nicht gehabt. Monsieur hat sich sonst gar nicht um sie bekümmert, nun besucht er die Herzogin fast täglich und ist sehr liebenswürdig. Madame war ja immer freundlich und verwandtschaftlich, aber so heiter ist sie doch lange nicht gewesen. Und daß sogar Seine Majestät einmal ganz unerwartet in seinem Jagdwagen vor der Abtei hält, ist noch nie dagewesen. Ludwig hat auf der Jagd einen kleinen Unfall gehabt, sein eines

Pferd lahmte plötzlich und wurde dazu störrisch. Madame, die den König manchmal auf die Jagd begleitet, ist auch diesmal dabei. Sie geht zu ihrer Nichte, während der König vorzieht, einen Augenblick im Garten zu promenieren. Gerade dorthin, wo an dem kleinen Goldfischteich Sophielott mit der Hofdame und mit Yvonne von Montbeliard sitzt. Ludwig ist sehr überrascht, in diesen Gefilden soviel Grazie und Jugend zu sehen. Er wendet sich zu Renate von Kramm, fragt, wie ihr Frankreich gefalle, und lächelt über ihr Erröten, ihre Verwirrung. Yvonne weiß, was sich gehört. Sie nimmt Sophielott am Arm und zieht sie mit sich fort. Daß der König mit der schönen Deutschen allein sein will, merkt sie gleich. Ein halb neidischer Blick streift Renate, die hilflos vor dem Monarchen steht und ihre Augen niederschlagen muß. Aber er faßt sie am Kinn, hebt ihren Kopf hoch und sieht ihr starr in die Augen. Dann sagt er ein freundliches Wort und geht zurück.

Von diesem Tage an ist es etwas feierlich in der Abtei. Es kommen allerlei Besuche, Monsieur erscheint jeden Tag, und als Frau von Fontanges eine vergessene Kusine im Kloster besucht und dabei einrichtet, Renate zu sehen und ernsthaft zu betrachten, da weiß die jüngste Nonne, was die Uhr geschlagen hat. Madame kommt auch, aber sie ist übler Laune und wettert auf ihre derbe Art. Die Herzogin Sophie schüttelt den Kopf; Monsieur redet auf sie ein. So ein Glück für ein armes deutsches Mädchen! Majestät ist wirklich immer sehr großmütig, er wird die Kleine auch dann nicht verlassen, wenn – ja, wenn – – Monsieur hebt die Schultern. Es ist natürlich nur eine flüchtige Verliebtheit, aber wenn die Kleine klug ist, kann sie später eine große Partie machen. Majestät hat sich geärgert über den Zank der Montespan mit der Fontanges. Die letztere hat sich besser benommen, sie hat die kleine Deutsche gesehen und hat nichts dagegen, wenn sie den König einige Wochen erfreut. Es ist ihr sehr recht, wenn die Montespan geärgert wird.

Die Herzogin seufzt unschlüssig – diese ganze Angelegenheit widersteht ihr, aber die Kramms sind arm, und wenn die Kleine hier ihr Glück macht – – der König kann eben tun, was ihm beliebt, und Madame wird nachher Sorge tragen, daß alles gut geregelt wird. Majestät ist wirklich großmütig!

Inzwischen weiß auch Renate von Kramm, was ihr bevorsteht. Sie hat ein Brokatkleid vom König erhalten, dazu einen wunderbar gemalten Fächer. Sie sieht, wie sich schon der halbe französische Hof vor ihr beugt, wie vornehme Herren, die sonst keinen Blick für sie übrig hatten, sich vor ihr bis auf die Erde verneigen. Sie weiß, daß der Tag bald kommen muß, an dem sie nach Fontainebleau übersiedeln wird. Die Nonnen der Abtei betrachten sie mit neidischen Augen, die Abbés lächeln ihr leise zu – ist es nicht eine Ehre, von einem so mächtigen König geliebt zu werden?

Und dennoch überfällt sie ein Zittern bei dem Gedanken an das, was man hier eine Standeserhöhung nennt.

Ein weicher warmer Sommertag. Herzogin Sophie ist mit Monsieur, Madame und der jungen Königin von Spanien ausgefahren. Ihr sollen die Gärten gezeigt werden, die Monsieur gehören, und auf die er stolz ist. Im Garten zu Maubuisson lustwandeln die jungen Nonnen mit einigen Abbés, flüstern und lachen, während Sophielott mit Hermann Bentheim an dem kleinen Goldfischteich sitzt und einige Brotkrumen hineinwirft. Die zwei Jungen sind schweigsam. Die Herzogin hat erklärt, daß sie bald abreisen müßte, und wenn Sophielott auch gern nach Deutschland zurückkehrt, so wird es ihr schwer, von Graf Bentheim Abschied zu nehmen. Und der junge Graf ist tief traurig. Aber sein Hofmeister will noch mit ihm in Paris bleiben, und die Herzogin ist sehr damit einverstanden. Sie hat gesehen, daß die zwei Kinder sich einmal ganz scheu geküßt haben. Sie lächelt darüber, aber es ist besser, daß Bentheim nicht mit ihnen reist, wie er so gern will.

Nun liegt Abschiedsstimmung über den zwei Jungen, und sie sehen nur flüchtig zu Renate, die etwas entfernt von ihnen sitzt, ein Buch in der Hand hält, aber träumerisch in die Ferne blickt. Aber Sophielott sieht doch hin zu ihr. Von den Bäumen flirren silberne und goldene Lichter durch die Blätter über ihr liebliches Gesicht, und die Ehrfurcht vorm Schönen ergreift die Fürstentochter. Ein eiliger Schritt. Eine Nonne führt den königlichen Boten, der sich tief vor Renate verneigt und ihr fast kniend ein in Seide gehülltes Paket überreicht. So schnell wie er kam, ist er gegangen, und Renate öffnet den Goldfaden, der alles umschließt. Spitzen, weiche Kissen, ein

Kasten mit Süßigkeiten fallen heraus, und das junge Mädchen bückt sich unwillkürlich, um ein zartgefärbtes Seidentuch aufzunehmen, das auf die Erde gefallen ist. Sophielott und Bentheim sind nähergetreten, und der Prinzessin kommt es vor, als ströme bis zu ihr ein betäubender Duft.

Mit einem Sprung steht sie neben Renate, reißt den Schal, den sie selbst trägt, von den Schultern, wickelt ihre Hände hinein und wirft alle Geschenke, die sie fassen kann, in den Teich.

»Nimm doch nichts von den Franzosen!« ruft sie zornig. »Was willst du mit diesem König, der sich nur pudert und nie wäscht, der meilenweit nach Muskat riecht! Meinst du, daß du glücklich wirst unter lauter Fremden, die Böses mit dir im Sinn haben?«

Sie will weiter sprechen und hält inne. Renate hat im Schreck das rotseidene Tuch an die Lippen gehalten. Die Prinzessin reißt es ihr weg und wirft es gleichfalls ins Wasser. Und Renate sinkt ohnmächtig auf die Erde.

König Ludwig war etwas übler Laune. Zwar waren die Verträge mit Spanien so abgeschlossen, wie er es wünschte. Seine Minister beglückwünschten ihn wegen seiner staatsmännischen Weisheit, und die neue Steuer auf Salz brachte gute Erträge. Aber die Montespan und die Fontanges hatten sich heute wieder gezankt, und dabei war die Marquise so ausfallend geworden, daß der König ernsthaft daran dachte, die Favoritin vom Hofe zu verbannen. Außerdem erwartete er den Besuch von Monsieur schon seit drei Tagen, und Orleans war nicht gekommen. Madame ließ sagen, ihr Herr Gemahl habe Migräne. Migräne. Ludwig kannte die Migräne seines Bruders. Dann hatte er keine Lust zu kommen. Aber Seine Majestät ließ nicht mit sich spaßen. Er hatte heute morgen einen Boten nach Paris geschickt, daß er heute noch Monsieur erwarte. Wenn Ludwig dies sagen ließ, dann hatte jedermann, auch sein Bruder, zu gehorchen. Da erschien Monsieur auch schon in der kleinen Kabinettür, die nur für ihn und die Geliebten des Königs bestimmt war. Er war geputzt wie immer, verbeugte sich zeremoniell und blieb vor dem König stehen.

»Eure Majestät haben befohlen!«

»Setz dich, Philipp!« sagte Ludwig ungeduldig. »Sei nicht närrisch!« setzte er hinzu, als Orleans noch immer stehen blieb. Sein Gesicht zeigte einen verdrossenen Ausdruck, den der König jetzt erst bemerkte.

»Was hast du? Ich habe eben erst deine Schulden bezahlt! Wann kommt die kleine Deutsche eigentlich? Ich habe ihr zwei hübsche Zimmer einrichten lassen. Sie wird schon zufrieden sein!«

Monsieur setzte sich jetzt und zog an seinem seidenen Strumpf.

»Die kleine Deutsche kommt nicht!« erwiderte er. Dann, als er die zornigen Augen des Königs auf sich gerichtet sah, sprach er hastig, fast weinerlich weiter.

»Ich kann nichts dafür, Louis! Die Kleine ist krank geworden. Ganz plötzlich. Man sagt, es sind die Blattern. Ich habe sie natürlich nicht gesehen, aber Madame ist bei ihr gewesen. Sehr verkehrt von Madame von wegen der Ansteckung, aber Madame ist ja so eigensinnig. Sie ist eben eine Deutsche!«

»Die Blattern!« Der König wiederholte das Wort und schauderte ein wenig. »Madame darf sie auch nicht sehen. Niemand aus unserer Gesellschaft, Philipp! Hast du verstanden? Bis sie wieder besser wird.«

»Ich weiß nicht, ob sie ganz wieder hergestellt wird!« sagte Monsieur langsam. »Die Krankheit scheint sehr schwer aufzutreten, und der Medikus fürchtet, daß sie vielleicht ihr Augenlicht verliert. Jedenfalls wird sie sehr entstellt bleiben!«

»Sehr entstellt!« Ludwig wiederholte auch diese Worte. Dann schwieg er eine Weile. »Sehr entstellt und vielleicht blind. Die arme Kleine!« Wieder schwieg er.

Beide Brüder sahen sich an und verstanden sich, ohne Worte.

Der König seufzte leicht, dann zog er die Spitzenmanschetten aus den Ärmeln seines Samtrockes und lehnte sich in seinen Stuhl zurück.

»Wann wird die Herzogin von Osnabrück reisen?« erkundigte er sich.

»Schon in den nächsten Tagen.«

»Ich werde ihr einige Diamanten schicken, und auch der kleinen Prinzessin. Du wirst sie ihr überreichen, Philipp. Ich habe mich gefreut, die Bekanntschaft der Damen zu machen. Sage ihnen, daß ich keine Zeit hätte, sie noch einmal zu sehen. Es sind viele Staatsgeschäfte zu erledigen!«

Monsieur erhob sich. »Es soll alles bestellt werden, Louis! Die Damen haben eine schöne Zeit hier verbracht und werden immer mit Bewunderung an Frankreich und seinen großen König denken!«

Er wollte gehen, da rief ihn Louis zurück.

»Sollte die Kleine sterben, so muß Sorge getragen werden, daß sie feierlich bestattet wird!«

»Sie ist Ketzerin, Sire!«

»Einerlei, ich wünsche es!«

Noch einmal verbeugte sich der Bruder, und dann war der König allein. Er saß eine Zeitlang schweigend. Dann rührte er die goldene Schelle.

»Madame de Fontanges!« befahl er dem eintretenden Pagen.

Es sind Jahre vergangen. Aus der Prinzeß Sophielott ist eine Königin von Preußen geworden, die in Charlottenburg ihre Residenz hat und sich gern mit gelehrten und klugen Männern umgibt. Heute allerdings zeigt sie sich nicht als die geistreiche Königin, die sie in Wirklichkeit ist. Heute gibt sie ein Gartenfest, eine Wirtschaft, in der die hohen Herrschaften in allen möglichen Verkleidungen erscheinen. Sophie Charlotte ist eine Spreewälder Bäuerin, und die Tracht steht ihr besser, als dem König der Matrosenanzug, den er sich ausgesucht hat. Behaglich wandert die Kurfürstin Sophie von Hannover zwischen den vielen verkleideten Menschen einher. Sie ist stark geworden und schwerfällig, aber ihre klugen Augen erfreuen sich an dem bunten Bilde und erkennen bald diesen, bald jenen Hofherrn in seiner veränderten Tracht. Dann nimmt sie plötzlich den Arm eines westfälischen Bauern und führt ihn zur Königin.

»Den Grafen Bentheim haben Eure Liebden lange nicht gesehen!« sagt sie, und der Graf küßt ehrerbietig die ihm entgegengestreckte Hand der Fürstin.

»Ich freue mich sehr, Graf!« Sophie Charlotte ist leicht errötet, dann wird sie wieder unbefangen freundlich. »Wo sahen wir uns zuletzt? War es nicht in Maubuisson, in Frankreich? Wie lange, lange ist das her!«

Die Kurfürstin hat wieder einen Bekannten entdeckt und ist weitergegangen. Die Königin und Graf Bentheim stehen einen kurzen Augenblick allein. Beide schweigen. Einen Augenblick steigt die Jugend vor ihnen auf, die Jugend, die weit entfernt liegt, und nie wiederkehren wird. Graf Bentheim sieht nachdenklich in das zarte Gesicht der Königin. Sie ist geistreich, vornehm und unnahbar geworden, aber die Erinnerung an die fröhliche Sophielott bleibt ihm, solange er lebt. Gedenkt sie auch an ihre Jugend? Er weiß es nicht; sie wendet sich kurz ab.

»Liebe Kramm, sehen Sie doch, daß Fritz keinen Unfug macht. Er ist zu übermütig!«

»Er hat die kleine Prinzeß von Dessau geschlagen und eingesperrt!« berichtet eine ältliche Dame, die eilig und bekümmert näher tritt. Sie hat schöne Haare, aber ein rotes fleckiges Gesicht und trübe Augen.

»Suchen Sie den Kronprinzen!« befiehlt die Königin kurz und die Dame verschwindet. Bentheim sieht noch immer regungslos. Er hat ein gutes Gedächtnis und hat oft an die schöne Renate gedacht, die einst zu so zweifelhaften Ehren bestimmt war. Die Königin errät seine Gedanken und kehrt sich wieder zu ihm.

»Sie ist Jahre lang krank gewesen!« berichtet sie halblaut. »Meine Frau Mutter wollte sie nicht an ihrem Hof haben; als ich mich vermählte, nahm ich sie mit. Zuerst konnte sie nicht viel tun, dann hat sie sich erholt, und ist mir sehr nützlich!«

»Eure Majestät retteten ihr damals das Leben!« murmelt der Graf, und die Fürstin hebt die Schultern.

»Ist diese Lebensrettung ein Glück gewesen? Wir wissen, daß wir nichts wissen!« setzt sie mit einem leisen Lächeln hinzu.

Kurfürst Georg von Hannover, der Bruder von Sophie Charlotte, tritt zu ihr, und der Graf zieht sich zurück. Nachdenklich sieht er in das lustige Gewühl um ihn. Ihm will scheinen, als passe die Königin nicht hinein. Im Hintergrunde sieht Herr Leibniz, als Astrologus verkleidet, und heute darf er keine philosophischen Gespräche mit der Königin führen, aber morgen wird sein Tag wieder kommen, und Charlotte Sophie wird froh sein, diesem Mummenschanz zu entgehen. Mummenschanz – war es nicht auch ein Mummenschanz in Versailles, den alle mitmachten, und über den die meisten glücklich waren? Bis auf die – Fräulein von Kramm geht an Bentheim vorbei. Sie hat den Arm um einen halbwüchsigen Knaben gelegt, der mit verdrossenem Gesicht auf ihre leise Ermahnung hört. Aber er drückt sich doch fest an sie und kneift sie täppisch in den Arm, daß sie lachen muß. Ehemals hat Bentheim Renate Kramm nicht lachen sehen. Ob sie wohl weiß, wie alles kam? Wahrscheinlich nicht. Sie hat nicht erlebt, wie die Goldfische im Teich alle starben, und das kleine Gewässer eilig zugeschüttet wurde. Sie hat nicht die Marquise Montespan mit triumphierendem Lächeln an der Abtei Maubuisson vorüberfahren sehen, und auch nicht erfahren, daß die Marquise schon am folgenden Tage auf einige Monate in die Verbannung geschickt wurde. Niemals hat sie wieder die Rolle am Hofe zu Versailles gespielt, die sie lange Jahre behauptete.

Ludwig der Vierzehnte ist ein alter Mann geworden, von dem man hofft, daß er bald sterben wird. Er hat sich überlebt. Er ist ein Fluch für Deutschland geworden und wird es immer bleiben. Weshalb mußte alles so kommen?

Bentheim sieht zur Königin hin. Er meint, ihre etwas müde Stimme zu hören. »Wir wissen, daß wir nichts wissen!«

Kaspar und sein Hund

Der Bruhnshof liegt im Norden von Schleswig, und heute gehört er unrechtmäßig zu Dänemark. Bis vor einigen Jahren lag er unweit der jütischen Grenze, und von Politik wurde wenig gesprochen. Herr Bruhns, der Besitzer des mäßig großen Hofes, der zwischen Heide und Weideland lag, dachte mehr an Viehzucht und an Butterpreise, als an andere Dinge, und seine Frau wie seine Leute gingen denselben Gedanken nach. Ein stiller, friedlicher Hof war es, mit langgestrecktem Wohnhaus, guten Stallgebäuden und einer kleinen, fest gebauten Meierei. Einförmig spielte sich das Leben ab, jedermann hatte seine Arbeit, und war sie getan, war man müde und ging schlafen. Der alte Brinkmann, der mit geräucherten Fischen handelte und allwöchentlich einmal auf den Hof kam, sagte dasselbe wie der Hausierer Moses, der seltener erschien: Dieser Bruhnshof war wohl der langweiligste unter seiner Kundschaft, weil hier niemals etwas geschah, das man anderswo weitererzählen konnte. Und doch ist hier einmal etwas geschehen, das die ganze stille Gegend in Aufruhr brachte und die Menschen tief und eindringlich erregte. Obgleich es sich eigentlich nur um einen Hund handelte.

Aber der Hund war es doch nicht allein. Mögen die Tiere auch ein Seelenleben haben, das wir nicht kennen, so sind es doch die Menschen, die den Anstoß zu der Besonderlichkeit geben, die dann in die Tierseele dringt. Als der Vorknecht auf Bruhnshof sich mit einer reichen Bauerntochter in Jütland verheiratete, kam Kaspar auf den Hof. Er war jung und hübsch, spielte Harmonika und sang dazu mit einer etwas gaumigen Stimme, die aber die Mädchen entzückte. Besonders Görine, die kleine Meierin aus Norwegen, die durch den Fischhändler Brinkmann hierhergebracht worden und die eigentlich reichlich hübsch war. Wenigstens sagte dies Frau Bruhns, die sich sonst wenig äußerte und, wenn sie Ansichten hatte, sie für sich behielt. Sie hatte in der Ehe schweigen gelernt, und ihr Mann fuhr ihr auch jetzt gleich über den Mund. Sagte, daß es nur angenehm wäre, eine hübsche Meierin zu haben, daß die Butterkäufer, die auf den Hof kämen, sich gern von einem hübschen Gesicht umherführen ließen, und daß es komisch wäre, wenn selbst die ältesten Weiber eifersüchtig auf eine frische Deern wären. Obgleich

Frau Bruhns noch in den besten Jahren und eine sehr ansehnliche Frau war, so wußte sie, daß sie sich die alten Weiber hinter die Ohren zu schreiben hatte, und schwieg. Ihr war jeder Zank verhaßt, und mit ihrem etwas heftigen Mann kam sie am besten aus, wenn sie nicht antwortete.

Sie sagte daher auch nichts, als der hübsche Kaspar vom ersten Tage seiner Ankunft auf dem Hof sich an Sörinee machte und sie sehr bald für seine Braut erklärte. Dies war nun etwas, was Herrn Bruhns nicht sehr gefiel. Kaspar war allerdings ein hübscher Kerl mit hellen Blauaugen und einem gewissen lächelnden Ausdruck in seinem Gesicht, der den Frauenzimmern gefiel, aber im übrigen taugte er nicht allzuviel. Er war faul, tat nur etwas, wenn er durchaus mußte, und saß am liebsten am Fenster seiner kleinen Kammer im Pferdestall, spielte die Harmonika und sang dazu. Oder er verschwand manchmal auf ein paar Tage und kam dann wieder, ohne sich zu entschuldigen. Es war schwer, Leute zu bekommen, daher mußte Herr Bruhns ein Auge zudrücken; er nahm sich aber vor, diesen Knecht nicht lange zu behalten, obgleich er wußte, daß dann auch Sörine wohl ihr Bündel schnüren würde. Aber man nimmt sich manchmal etwas vor, und dann wird nicht gleich etwas daraus. Vorläufig blieb Kaspar, und als er eines Morgens von einer längeren Urlaubsreise mit einem jungen Hund zurückkehrte, war Herr Bruhns wohl etwas verdrießlich, sagte aber nichts. Seine Diana und der alte Wolfspitz im Hundehaus waren eigentlich genug zur Bewachung des Hofes, aber ein dritter konnte auch noch satt werden. Besonders, da Sörine die Hand über den Milchkeller hielt und Flaps eine große Leidenschaft für Milch empfand. Es war noch ein junges Tier, versprach aber hübsch zu werden. Kaspar renommierte mit ihm; er wäre ein halber sibirischer Eis-, ein halber russischer Windhund. Er folgte seinem Herrn auf Schritt und Tritt, hatte dieselben Eigenschaften wie dieser: leichtsinnig und ungehorsam; er stahl, wenn er Gelegenheit dazu hatte, und konnte dabei ebenso verschmitzt und freundlich aussehen wie Kaspar. Wuchs sich dann zu einem großen Hund heraus, den manche Liebhaber gern mitgenommen hätten. Aber Kaspar lehnte alle Angebote stolz ab. »Flaps ist mein Bruder«, versicherte er in seinem singenden nordschleswigschen Deutsch. »Seinen Bruder verkauft man nicht!« Es war Sommer, und im Sommer hat man wenig Zeit, an Tiere zu denken, die einen nichts, angehen; nur als Flaps eines Tages in Frau Bruhns Wohnzimmer eindrang, um nach einer kleinen Katze zu jagen, warf sie mit einem schweren Buch nach ihm, daß er winselnd davonlief. Ihre Augen flammten dabei, daß eine junge Nichte, die zu Besuch auf dem Hof war, sie erstaunt betrachtete.

»Was hast du gegen den Hund, Tante? Ist er nicht ein schönes Tier?«

Frau Bruhns wurde rot. »Ich weiß nicht,« erwiderte sie, das schwere Buch wieder aufnehmend, »er fällt mir auf die Nerven!«

»Gar kein übles Tier!« sagte der Neffe Roderich, der in diesen Wochen auch angereist kam. Ein Neffe, der sich einbildete, der Erbe von Herrn Bruhns zu sein, und sich als solcher benahm. Herr Bruhns schätzte diesen Brudersohn nicht, fand sich aber darein, daß er alljährlich erschien, um, wie er sagte, nachzusehen, wie es den lieben Verwandten ginge. Roderich gehörte zu den jungen Menschen, für die ältere Leute, besonders wenn sie Besitz haben, reichlich lange leben. Eigentlich fand er es an der Zeit, daß sein Onkel, dem er nicht gerade den Tod gönnte, sich aufs Altenteil setzte und ihn regieren ließe. Eine Ansicht, die der fünfzigjährige Herr Bruhns nicht teilte. Niemand machte sich viel aus Roderich, und dieser war nicht klug genug, um die allgemeine Abneigung zu empfinden. Mit langen Schritten wanderte er über den Hof, sah in die Ställe hinein, gab ein Urteil ab, das von keiner Sachkenntnis zeugte, und verliebte sich dann ganz plötzlich in Sörine.

»Hier sind zwei nette Geschöpfe auf dem öden Hof,« schrieb er an einen Freund, »eine kleine Norwegerin und ein Hund. Ich will sie beide haben!«

Aber Flaps ging ihm vorsichtig aus dem Wege, und als er eines Nachts an Sörines Kammerfenster klopfte, bog sich Kaspar hinaus. »Hier ist alles besetzt«, sagte er freundlich.

Darauf folgten Fensterklirren, Flüche und eine große Prügelei, an der sich Sörine schreiend beteiligte, indem sie Roderich des Gesicht zerkratzte und dann schleunigst in den Kuhstall stürzte, wo das beste Kuhkalb in Krämpfen lag. Gerade als Roderich klopfte, hatte Kaspar sie geweckt, um sie zur Hilfe zu rufen. Die Nacht war lebhaft auf Bruhnshof; natürlich wurde Herr Bruhns gerufen, der sich selbstverständlich mehr für sein Kalb interessierte als für den Streit der jungen Männer. Als jedoch Roderich von dem zweiten Knecht ins Haus getragen wurde, betrachtete sein Oheim diesen verbeulten, blutenden Menschen nachdenklich. Es war nicht angenehm, wenn der eigene Neffe so arg verprügelt wurde. Vorerst legte ihm Frau Bruhns Wasserpolster auf viele schmerzende Stellen, wusch ihm das Blut aus Augen und Gesicht und äußerte sich nicht weiter. Es war gut, daß der Tierarzt morgens auf den Hof ritt, um eine Rechnung abzugeben. Er konnte das Kuhkalb behandeln, das doch im Mittelpunkt des Interesses stand, und hatte auch eine Heilsalbe für Roderich. Außer seinen anderen Wunden hatte er einen bösen Biß am Bein, der nach allgemeiner Ansicht vom Jagdhund herrührte, der sich plötzlich an dem Kampf beteiligt hatte. Aber als Roderich wieder sprechen konnte, sagte er, daß Flaps ihn gebissen hätte. Flaps, der mit dem unschuldigsten Gesicht von der Welt hinter seinem Herrn hertrottete und mit denselben lächelnden Augen sich umsah wie Kaspar; denn dieser hatte nicht allzuviel Wunden davongetragen. Er trug zwei Tage ein Tuch ums Gesicht, weil er behauptete, zwei Zähne und ein halbes Ohr verloren zu haben, dann aber ging er mit federnden Schritten über den Hof, lächelte Sörine an, die schon ein buntes Tuch von ihm erhalten hatte, und tat so unbefangen, als wäre nichts geschehen. Das Kuhkalb hatte Lungenentzündung und wurde gepflegt wie ein Mensch. Es erholte sich, und Herr Bruhns dachte noch darüber nach, ob er Kaspar entlassen müßte, der das Tier aufopfernd gepflegt hatte, als Roderich erklärte, daß er abreisen wollte. Er lag noch im Bett, als er diesen Willen aussprach, sagte aber, daß er in den nächsten Tagen wieder gehen könnte. Jedermann war erleichtert. Wer gerecht war, wußte, daß er sich diese Prügel selbst zugezogen hatte, und jedermann auf dem Hofe hatte dieses Gerechtigkeitsgefühl. Jedermann wußte, daß Kaspar nicht allzuviel taugte, aber wenn er auch einen häßlichen Witz gemacht hatte, so nahm man auf dem Lande diese Scherze nicht übel. Was wollte Roderich auch am Kammerfenster des hübschen Mädchens? Also reiste Roderich nach einigen Tagen ab, nachdem er noch zwei Tage am Fenster seines Zimmers gesessen und auf den Hof geblickt hatte. Auf Sörine, deren Nägel noch große Streifen in seinem Gesicht hinterlassen hatten, auf Kaspar, der gelegentlich abends die Harmonika spielte und dazu sang, und auf

Flaps, der dann neben seinem Herrn saß und den Kopf genau so schief hielt wie Kaspar.

Also fuhr Roderich davon, es kam anderer Besuch, und der Hof, der einige Tage aufgeregt gewesen war, sank in seinen anderen Zustand zurück: Arbeit für die nahende Ernte, Arbeit beim Vieh, Butterversendungen und was es sonst gab. Das Wetter war gut, Brinkmann, der mit seinem Fischwagen erschien, erklärte, eigentlich müßte bald ein Regentag kommen, damit es später nicht mehr regnete, und seine Prophezeiung ging in Erfüllung. Nach einem starken Gewitter goß es den ganzen Sonntagnachmittag, und Kaspar, der an diesem Sonntag ins Kirchdorf zum Tanz ging, blieb nach seiner Manier die ganze Nacht und den folgenden Tag fort, ja, sogar noch am Dienstag war er nicht wieder erschienen. Flaps, sein ständiger Begleiter, natürlich auch nicht. Als Kaspar am Mittwoch auch nicht da war, steckten die Leute die Köpfe zusammen. Sie wußten, was Herr Bruhns nicht wußte, daß Kaspar gelegentlich über die jütische Grenze ging, allerlei hinbrachte und allerlei wieder mitnahm. Er paschte den feinsten dänischen Aquavit, französische Seiden, die in Dänemark billiger waren als in Deutschland, und brachte, was den Dänen wieder an deutschen Waren gefiel. Alles nur in kleinen Mengen – der Krämer im Kirchdorf trieb unter der Hand einen schwunghaften Handel mit diesen Gütern, und Kaspar, der immer in Geldverlegenheit war, nahm den Verdienst gern mit. Sörine wußte am besten von diesen Dingen Bescheid, und als sie am Donnerstag Frau Bruhns im Stall traf, bat sie sie, sich nach Kaspar umsehen zu dürfen. Sie hätte einen so bösen Traum gehabt, und Flaps wäre auch vor ihrem Fenster gewesen und hätte geheult. Und gerade, wie Frau Bruhns ihr beunruhigt zuhörte, erschien Flaps im Kuhstall, mager, mit verknittertem Fell und sonderbar funkelnden Augen. Er stellte sich vor Sörine hin und heulte. Sörine sagte, sie hätte bis dahin keine Angst gehabt. Kaspar habe gesagt, daß er wohl mal etliche Tage wegbleiben würde, weil die Grenzwächter manchmal so scharf wären; aber wie Flaps allein wiederkehrte und so sonderbar aussah – Sörine konnte vor Schluchzen nicht weitersprechen.

Nun wurde Kaspar gesucht. Es war natürlich, daß man sich an Flaps wandte, damit er die Suchenden auf die Spur brächte. Aber er versagte, lief wohl mit, heulte, jagte dann aber einer Maus oder einem Igel nach, bellte und war lustig. »Gerade wie Kaspar«, sagte der alte Brinkmann, der sich an der Suche beteiligte, weil er, wie er behauptete, eine feine Spürnase hätte. Und mit dieser Spürnase fand er Kaspar: Mitten in einem Ginsterdickicht, unweit der jütischen Grenze liegend, neben ihm ein Sack mit vollen Aquavitflaschen. Er hatte zwei Schüsse, einen im Kopf, den andern im Rücken. Man nahm an, daß er von hinten erschossen war. Natürlich kam eine Gerichtskommission, natürlich fand sie nichts. Die Heide war schweigsam, neben ihr lag ein Moorstreifen. Die Leute, die hier suchten, fanden keinerlei Spuren, hier an der Grenze gab's manche Geheimnisse, die niemals aufgedeckt wurden. Sörine weinte bitterlich um Kaspar, und auf dem Hof herrschte einige Tage eine gedrückte Stimmung. Dann wurde Kaspar beerdigt, und das Leben ging weiter, der Alltag forderte seine Rechte, und es gelang Herrn Bruhns, einen neuen Vorknecht zu finden, der fast ebenso stattlich wie Kaspar war. So wäre dieser bald vergessen gewesen, wenn nicht der Hund sein Andenken aufgefrischt hätte. Erstens, daß er Kaspars Kammer bezog und niemanden hineinließ. Dann, daß er manchmal aus dem Kammerfenster blickte und dazu leise heulte, gerade, als wollte er singen, wie Kaspar gesungen hatte. Hier in der stillen Welt gab es Leute, die besondere Dinge glaubten. Der alte Brinkmann gehörte zu ihnen und eine alte Hausiererin, die manchmal die Karten legte und aus der Hand weissagte. Als sie Flaps sah, wie er aus dem Fenster blickte, den Kopf schief, wie Kaspar ihn hielt, die Augen lustig zwinkernd, da erklärte sie, daß Kaspars Seele in den Hund gefahren wäre und daß man schonsam mit dem Hund umgehen müßte, weil er jetzt sozusagen ein Mensch wäre. Dabei berichtete sie von einer alten Pastorenwitwe aus einem der ferner liegenden Kirchdörfer, deren Seele in ein kleines Lamm gegangen wäre, das sie kurz vor ihrem Ende gepflegt und behütet habe. Das Lamm lebte noch. Es war ein altes Mutterschaf aus ihm geworden, das auf dem Hof Frau Pastorin genannt wurde, und das natürlich niemals geschlachtet werden durfte; jedermann, auch die Hunde, hatten Respekt vor ihm.

Als Herr Bruhns dieses Gerede hörte, verbat er sich den Aberglauben. Er tat noch mehr: er nahm seine Doppelflinte, rief Flaps und ging mit ihm in den kleinen Wald, dicht hinter dem Garten. Flaps, der niemals gern gehorchte, folgte nur langsam, bequemte sich aber doch, dem Herrn zu folgen. Was dann geschah, sagte Herr Bruhns nicht. Er kam, von Flaps begleitet, wieder aus dem Wäldchen, hing seine Flinte an den Nagel und war übler Laune. Der kleine Junge, der die jungen Gänse hütete, erzählte nachher, Flaps hätte vor dem Herrn gesessen und ihn so komisch angesehen, daß der Herr die schon erhobene Flinte wieder hätte sinken lassen. Nun sollte Flaps verkauft werden. Er fand schon Liebhaber, aber er lief zwei Käufern weg, erschien wieder auf dem Hof, und dann hatte es sich herumgesprochen, daß Kaspars Seele in ihn gefahren wäre, und niemand wollte ihn haben. Niemand wollte ihn erschießen. Auch der Tierarzt, den Herr Bruhns um ein schnell wirkendes Gift bat, sträubte sich. Es war ja alles Aberglauben, wie er sagte, aber er möchte nicht gern ins Gerede kommen. Natürlich – Kaspar war mausetot, er hatte ihn ja selbst gesehen. Wo aber war seine Seele? Das wußte niemand, Herr Bruhns auch nicht. Seelenwanderung? Er spuckte nachdenklich aus. Die Inder glaubten doch daran, und unter ihnen gab es ganz verständige Menschen. Vielleicht stürbe der Hund einmal von selbst – darauf mußte man hoffen. Aber der Hund starb nicht. Er war ein unnützer Fresser auf dem Hof, balgte sich mit den anderen Hunden, hing niemandem besonders an und bewohnte nach wie vor Kaspars kleine Kammer. Die Leute nannten ihn nicht mehr Flaps, sondern Kaspar. Er hatte eben Kaspars Seele, und wer's nicht glaubte, der konnte es lassen. Es kam der Winter mit viel Schnee und Eis. Öde war es auf der Heide und auf den weiten Feldern. Als Herr Bruhns eines Abends im Schlitten aus dem Kirchdorf kam, wurde er von drei Landstreichern überfallen, von denen einer ihm ein Gewehr an den Kopf hielt, während ein anderer das Pferd beim Zügel faßte. Herr Bruhns hatte gerade viel Geld bei sich und sah sich in der angenehmen Lage, alles hergeben zu müssen, als der Mann mit der Flinte einen gellenden Schrei ausstieß. Der Hund Flaps, genannt Kaspar, saß ihm an der Kehle und stürzte sich in demselben Augenblick auf den, der das Pferd am Zügel hielt. Der dritte lief davon. Er hatte von Flaps gehört, der eine Menschenseele haben sollte, und wollte nichts mit ihm zu tun haben. Herr Bruhns hatte, wie er nachher sagte, Umstände von der ganzen Geschichte. Dem einen Strauchritter war fast die Kehle durchgebissen, dem anderen das halbe Bein aufgerissen. Beide Herren mußten auf den Hof gebracht und dort vorerst verpflegt werden; aber das war doch besser, als selbst ausgeraubt und vielleicht erschossen zu werden.

Jedenfalls war von dieser Zeit nicht mehr davon die Rede, Flaps zu erschießen oder zu verkaufen. Gleichmütig lebte er auf dem Hof weiter, nicht besonders nützlich noch liebenswürdig. Aber an den langen Winterabenden erzählten sich die Leute Geschichten von Seelenwanderungen und ähnliches, und der alte Brinkmann oder die Hausiererin sorgten beide dafür, daß der Ruf des Hundes ziemlich weit getragen wurde. Nicht gerade, daß man stolz auf ihn war. Im Gegenteil, eigentlich wäre ihn jeder gern losgewesen, man wußte nur nicht, wie man es anfangen sollte. Er war eben der Kaspar und mußte es bleiben, bis es der Seele gefiel, sich einen anderen Ort auszusuchen.

Es kam der Sommer wieder und mit ihm Roderich. Der hatte sich in der Welt umhergetrieben, war hier und dort gewesen und wollte mal wieder nachsehen, wie er sagte. Als er Sörine in der Meierei stehen sah, streifte er sie mit einem kühlen Blick und wandte ihr dann den Rücken. Sie lachte spöttisch hinter ihm her. Mit dem jetzigen Vorknecht war sie ordentlich verlobt, und im Herbst sollte die Hochzeit sein. Roderich empfand bei ihrem Anblick ein kurzes Brennen im Gesicht, ging aber gleichmütig weiter und stand dann Flaps gegenüber, der eben aus seiner Kammer kam und verschlafen in die Sonne blinzelte. Er war noch größer geworden und hatte ein helles, gepflegtes Fell. Das kam von Sörine, die ihn verstohlen kämmte, und niemand hatte etwas daran auszusetzen. Seitdem Flaps dem Herrn so großartig geholfen hatte, bewunderte man ihn doch. Roderich starrte den Hund an. »Der ist noch hier?« fragte er den alten Brinkmann, der gerade mit seinem Wagen auf dem Hof erschien. »War das nicht der Hund von dem Kerl, wie hieß er doch nur? Ist der nicht tot?«

»Kaspar ist tot,« erwiderte der alte Brinkmann. »Jetzt nennen wir seinen Hund Kaspar. Weil doch die Seele von dem Jungen in den Hund gefahren ist!«

Er berichtete, umständlich und mit den üblichen Übertreibungen, von Kaspars Ermordung, von dem Hund, in den seine Seele gegangen war, von der Rettung des Hofherrn durch den Hund. Roderich lachte laut und verächtlich. Aber er sagte nicht allzuviel, war in den nächsten Tagen in sich gekehrt und umgänglicher als ehemals. Weiter hörte er nichts von Kaspar und auch nichts vom Hunde. Herr Bruhns sprach nicht gern von dieser Angelegenheit, und Frau Bruhns ging überhaupt dem Neffen aus dem Wege. Sie war in diesem Jahr noch stiller geworden, und niemand achtete viel auf sie. Und doch war sie es, die bemerkte, wie Roderich dem Hund nachging, wie er versuchte, ihn vor die Flinte zu bringen. Um die Mittagstunde, wenn der Hof schlief, schlich sich Roderich mit seinem Gewehr hinaus und suchte den Hund Flaps. Und fand ihn niemals. Denn dieser verschwand jetzt tagelang vom Hof, ohne zu melden, wohin er ging, und es entbehrten ihn nur Sörine, die ihn kämmen wollte, und Roderich.

Es war heiße, dicke Luft. Die Menschen, die zuerst sich nach der Hitze gesehnt hatten, konnten sie nicht vertragen. Früh morgens wurde geschafft, um die Mittagstunde lag der ganze Hof mit seinen Bewohnern in festem Schlaf. Als Frau Bruhns dieser Tage aus dem Kuhstall kam, faßte Sörine sie am Rock und flüsterte eifrig in sie hinein. Aufmerksam hörte die Frau ihr zu, sah, daß das Mädchen blaß und verstört war, sagte dann aber einige beruhigende Worte. Niemand achtete auf diese Unterhaltung. Man wußte, Frau Bruhns dachte nur an die Wirtschaft, und Sörine tat dasselbe, nur, daß sie auch Gedanken für ihren Bräutigam hatte. Um die Mittagszeit zog sich Frau Bruhns immer in ein kleines Zimmer zurück, das neben ihrem mit ihrem Mann geteilten Schlafgemach lag. In diesem Zimmer schlief Herr Bruhns den Schlaf der Erschöpfung und schnarchte dabei so laut, daß seine Frau lieber in das kleine dumpfe Nebengemach ging, das im Winter durch Kälte und Feuchtigkeit unbewohnbar, jetzt aber angenehm kühl war. Hier stand auf hohen Beinen ein altes Sofa, und das einzige kleine Fenster ging auf einen Teil des Hofes, auf dem nur Holz und Reisig lagen. Still war's hier und ungestört. Wenn sich Frau Bruhns auf dies Sofa legte, löste sich der ernste Ausdruck ihres Gesichtes, und sie atmete auf. Hofbesitzerfrau zu sein, ist nicht immer leicht. Als Frau Bruhns nach der Unterredung mit Sörine hier eintrat, atmete sie nicht auf, legte sich wohl hin, aber nahm sich vor, nicht zu schlafen. Aber die Augen fielen ihr doch zu, und als sie halb schuldbewußt auffuhr, glitt Flaps gerade fast unhörbar aus dem offenstehenden Fenster. War er es gewesen, oder hatte sie nur geträumt? Als die Frau am nächsten Tage wieder ihre Mittagsruhe halten wollte, wollte sie das Fenster schließen, unterließ es aber doch. Sie wachte auf und merkte, wie Flaps leise in die Kammer sprang und sich unter ihr Sofa legte. Er bellte nicht, er atmete kaum, er lag in der dunkelsten Ecke des dämmrigen Zimmers, und nach etwa anderthalb Stunden, wenn das Leben auf dem Hofe neu begann, verschwand er, gerade zu der Zeit, wenn Roderich mit seiner Flinte heimkehrte und den versäumten Mittagschlaf nachholte.

Frau Bruhns hatte Flaps nie leiden können; besonders jetzt, da die Leute ihn mit Aberglauben betrachteten, war er ihr unheimlich. Und doch – weshalb verfolgte Roderich ihn, weshalb stellte er ihm nach dem Leben?

»Kannst du nicht Roderich Geld geben, daß er abreist?« fragte sie andern Tages ihren Mann. Der sah sie groß an.

»Meinethalben mag er reisen, aber Geld zur Reise gebe ich ihm nicht. Weshalb willst du ihn los sein?«

Frau Bruhns antwortete nicht. Es wurde ihr immer schwer, ihre Gedanken zu äußern, und eigentlich hatte sie auch keinen ordentlichen Grund, daß Roderich den Hof verließ. Am andern Tage kam der Tierarzt, blieb zum Essen, und die Mittagsruhe verspätete sich. Als Frau Bruhns ihre kleine Kammer betrat, wußte sie, daß der Hund Flaps schon länger unter dem Sofa lag, aber sie wußte nicht, daß Roderich gerade bei ihrem Eintritt durchs Fenster sprang und mit einem höhnischen Auflachen seine Flinte auf die dunkle Ecke richtete, wo Flaps lag. Er feuerte auch, aber im nächsten Augenblick saß ihm der Hund an der Kehle, warf ihn auf den Fußboden und grub seine scharfen Zähne in den Hals des jungen Mannes. Dies geschah so schnell, daß Frau Bruhns einen Augenblick wie versteinert stand. Dann griff sie zur Doppelflinte, die aus Roderichs Hand gefallen war und auf der Erde lag. Sie richtete den Lauf auf den Kopf des Hundes, der seinen Verfolger erbarmungslos würgte, und tötete ihn auf der Stelle. Aber es dauerte eine Weile, bis die herbeieilenden Männer die Fänge von Roderich lösten. Wie im Krampf zusammengebissen, saßen sie im Hals fest, und es war wie ein Wunder, daß die Schlagader nicht durchgebissen war. Roderich war bewußtlos, und der Tierarzt konnte zum Glück wieder helfen.

»Mit dem jungen Herrn habe ich schon einmal zu tun gehabt,« meinte er, während er an ihm hantierte und Frau Bruhns ihm Handreichung leisten mußte. »Für den ist unsere Gegend nichts,« setzte er hinzu. »Der sollte nur reisen und nicht wiederkommen!« Während Roderich in sein Zimmer gebracht wurde, standen Herr Bruhns und Sörine vor dem toten Hund. Der Rehposten war ihm ins Ohr gegangen, man sah kaum die Wunde. Er hatte die hellen Augen weit geöffnet, und es schien, als ob sein geöffnetes Maul triumphierend lächelte. Sörine kniete neben ihm nieder und streichelte sein struppig gewordenes Fell.

»Nun bist du wieder ein Hund, nicht wahr?« schluchzte sie. »Kaspars Seele ist jetzt weggewandert, nicht wahr?«

Herr Bruhns verließ das kleine Zimmer sehr eilig, und die anderen Leute traten ein, nahmen die Mützen ab, falteten die Hände und standen in ehrfürchtigem Schweigen. Es war, als läge dort ein toter Mensch und kein Hund, der doch eigentlich ein unnützes Dasein geführt hatte. Dann legten sie ihn auf eine alte Decke, trugen ihn aus dem Haus und begruben ihn im nahen Walde, unter einer Tanne, unter der Kaspar im Sommer manchmal gesessen und Harmonika gespielt hatte. Sie warfen Erde und Blätter über ihn, und Sörine betete laut ein Vaterunser in norwegischer Sprache. »Das ist keine Sünde,« sagte sie trotzig, nachdem sie geendet hatte. »Flaps war auch ein Geschöpf Gottes, und wenn die Tiere nicht beten können, müssen die Menschen es für sie tun!«

Niemand widersprach ihr. Der ganze Hof war in ernstes Schweigen gehüllt, und als der alte Brinkmann am späten Nachmittag kam, fuhr er, nachdem man ihm dies Ereignis berichtet hatte, so eilig davon, daß er ganz versäumte, seine Fische zu verkaufen. So kam es, daß die Nachricht vom Tode des Hundes, der Kaspars Seele mit sich getragen hatte, mit großer Eile in der Gegend und über die jütische Grenze verbreitet wurde. Niemand sprach viel von Roderich – er lag schwer verwundet und krank auf Bruhnshof; aber war das nicht die gerechte Strafe? Denn hatte er nicht Kaspar heimtückisch von hinten erschossen und sich dann aus dem Staube gemacht, so daß ihn nie ein Verdacht treffen konnte? Aber die Seele von Kaspar hatte sich gerächt. Sie war in seinen Hund gefahren, und daß Roderich ihn hatte töten wollen, war ein Zeichen seines schlechten Gewissens.

Es waren gerade Gerichtsferien, und die Gerechtigkeit erholte sich auf Reisen. Aber nach einigen Wochen kam doch ein junger, etwas verlegener Herr auf den Hof, nannte sich Gehilfe des Staatsanwalts und fragte nach Roderich. Herr Bruhns war nicht anwesend, und seine Frau empfing ihn.

»Meines Mannes Neffe ist nicht mehr hier,« sagte sie. »Er ist noch sehr leidend und darum nach Chile gegangen, wo er Verwandte hat.«

Der Assessor murmelte etwas, das wie ein Bedauern klingen sollte und doch mehr ein erleichtertes Aufatmen war.

Frau Bruhns gab dem Besuch Kaffee und kräftiges Landbutterbrot, und nach einigem Zögern nahm der junge Herr die Stärkung gern an.

Frau Bruhns saß ihm gegenüber und sah ernsthaft in sein offenes Gesicht.

»Sie wollten nach dem Knecht Kaspar fragen, der erschossen gefunden wurde, und vielleicht auch nach seinem Hund, den ich erschießen mußte, so leid es mir tat?«

»Wir von der Justiz müssen neugierig sein,« erwiderte der Assessor, und die Frau sah vor sich hin.

»Ich kann Ihnen die Geschichte erzählen!« erwiderte sie. »Ich glaube auch, daß Roderich den Knecht getötet hat, aber er hat es nie eingestanden, selbst nicht in seinen Fieberphantasien. Er behauptet, nicht hier in der Gegend gewesen zu sein, als der Mord geschah. Eine Frau, die über die jütische Grenze kam, um hier Holz zu stehlen, will einen Mann gesehen haben, der hinter einem Baum stand und auf Kaspar schoß, als er mit seinem kleinen Wagen durch den Wald fuhr. Aber sie hat ihn nicht erkannt, weiß nicht, wie er aussah. Sie ist einmal hier gewesen und hat mit mir darüber gesprochen. Aber die Leute hier sagen, daß Roderich der Mörder war. Der Hund war dabei, später hat Roderich den Hund mit seinem Haß verfolgt. Der Hund ist tot, und Roderich hat so schwere Wunden davongetragen, daß er sein Leben lang nicht wieder ganz gesund werden kann. Ist die Geschichte nun nicht damit zu Ende?«

»Eigentlich ist sie es wohl,« murmelte der junge Herr, »es ist nur –«

»Sie ist gar nicht zu Ende,« unterbrach ihn Frau Bruhns, »denn sie ist nicht vergessen. In der ganzen Gegend wird von Kaspar und von seinem Hund gesprochen. Und mir ist es manchmal, als hörte ich das Tier klagen und den Gesang des Knechtes. Ich komme mir vor wie eine Mörderin, weil ich den Hund erschoß, und ich weiß, daß unsere Leute auf dem Hofe mir heimlich Vorwürfe machen, weil ich den Menschen rettete. Ich hätte dem Hund seine Rache lassen sollen.«

Sie schwieg und legte die verarbeiteten Hände in den Schoß. Ihr Gesicht war müde, und ihr volles dunkles Haar zeigte helle Streifen.

»In diesem Lande grübelt man zuviel,« sagte der Assessor nach einer Weile und sprach dann hastig von anderen Dingen. Von dieser Angelegenheit wollte er die Finger lassen. Sein Vorgesetzter mochte sich damit beschäftigen. Er war in einem kleinen Einspänner gekommen und fuhr bald wieder weg. Sein Kutscher hatte auch Eile, saß vorgebeugt auf dem Bock und trieb das Pferd an, bis der Wagen auf die große Landstraße kam, die nach der Kreisstadt führte. Da drehte er sich nach dem Assessor um.

»Man gut, daß wir da wieder weg sind, Herr,« sagte er vertraulich. »Ich glaub', die Menschen da sind alle ein bißchen komisch. Und das kommt alles von einem toten Knecht und einem toten Hund. Und der Hund ist die Hauptperson. Der geht des Nachts über den Hof und hat glühende Augen. Sie haben ihn alle schon gesehen, und Sörine, was die Frau vom Vorknecht ist, sagt, sie ist nicht bange vor ihm. Ich aber möchte ihn lieber nicht sehen. Und der, der den Knecht erschossen hat, ist sein lebelang krank. Den würd' ich in Ruhe lassen!« So ist es denn auch gekommen. Allmählich ist die ganze Angelegenheit doch in Vergessenheit geraten, obgleich Sörine noch manchmal an Winterabenden von Kaspar und Flaps spricht und dann immer hinzusetzt, daß Frau Bruhns nicht so früh gestorben wäre, hätte sie nicht den Schreck mit Roderich und Kaspars Hund gehabt.

Jedenfalls ruht sie jetzt auf dem Kirchhof mitten in der Heide aus, und ihr Mann ist ihr bald gefolgt. Jetzt hat Bruhnshof einen anderen Besitzer und einen anderen Namen.

Ende

Über tredition

Eigenes Buch veröffentlichen

tredition wurde 2006 in Hamburg gegründet und hat seither mehrere tausend Buchtitel veröffentlicht. Autoren veröffentlichen in wenigen leichten Schritten gedruckte Bücher, e-Books und audio-Books. tredition hat das Ziel, die beste und fairste Veröffentlichungsmöglichkeit für Autoren zu bieten.

tredition wurde mit der Erkenntnis gegründet, dass nur etwa jedes 200. bei Verlagen eingereichte Manuskript veröffentlicht wird. Dabei hat jedes Buch seinen Markt, also seine Leser. tredition sorgt dafür, dass für jedes Buch die Leserschaft auch erreicht wird.

Im einzigartigen Literatur-Netzwerk von tredition bieten zahlreiche Literatur-Partner (das sind Lektoren, Übersetzer, Hörbuchsprecher und Illustratoren) ihre Dienstleistung an, um Manuskripte zu verbessern oder die Vielfalt zu erhöhen. Autoren vereinbaren direkt mit den Literatur-Partnern die Konditionen ihrer Zusammenarbeit und partizipieren gemeinsam am Erfolg des Buches.

Das gesamte Verlagsprogramm von tredition ist bei allen stationären Buchhandlungen und Online-Buchhändlern wie z. B. Amazon erhältlich. e-Books stehen bei den führenden Online-Portalen (z. B. iBookstore von Apple oder Kindle von Amazon) zum Verkauf.

Einfach leicht ein Buch veröffentlichen: **www.tredition.de**

Eigene Buchreihe oder eigenen Verlag gründen

Seit 2009 bietet tredition sein Verlagskonzept auch als sogenanntes "White-Label" an. Das bedeutet, dass andere Unternehmen, Institutionen und Personen risikofrei und unkompliziert selbst zum Herausgeber von Büchern und Buchreihen unter eigener Marke werden können. tredition übernimmt dabei das komplette Herstellungs- und Distributionsrisiko.

Zahlreiche Zeitschriften-, Zeitungs- und Buchverlage, Universitäten, Forschungseinrichtungen u.v.m. nutzen diese Dienstleistung von tredition, um unter eigener Marke ohne Risiko Bücher zu verlegen.

Alle Informationen im Internet: **www.tredition.de/fuer-verlage**

tredition wurde mit mehreren Innovationspreisen ausgezeichnet, u. a. mit dem Webfuture Award und dem Innovationspreis der Buch Digitale.

tredition ist Mitglied im Börsenverein des Deutschen Buchhandels.

Dieses Werk elektronisch lesen

Dieses Werk ist Teil der Gutenberg-DE Edition DVD. Diese enthält das komplette Archiv des Projekt Gutenberg-DE. Die DVD ist im Internet erhältlich auf **http://gutenbergshop.abc.de**

Zeitfracht Medien GmbH
Ferdinand-Jühlke-Straße 7
99095 Erfurt, Deutschland
produktsicherheit@kolibri360.de